KB047918

십대의
온도

십대의
온도

이상권 김선영 유영민 진저 공지희 신설

㈜자음과모음

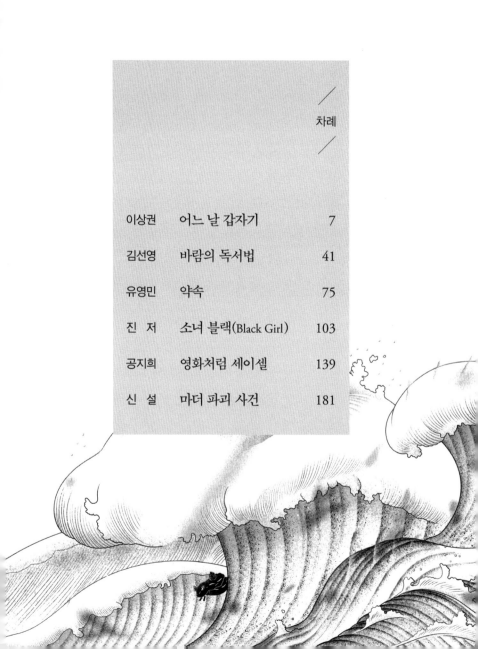

차례

이
상
권

어느 날 갑자기

이 상 권

전남 함평에서 태어나서 대학에서 문학을 공부했다. 어렸을 때 본 수많은 들풀, 동물들의 삶과 생명의 힘을 문학에 담고 있으며 일반문학과 아동·청소년문학의 경계를 넘어 자유롭게 글을 쓰고 있다.

1994년 계간 『창작과비평』에 단편소설 「눈물 한 번 씻고 세상을 보니」를 발표하면서 본격적인 이야기꾼이 되었고, 『애벌레가 애벌레를 먹어요』로 제24회 어린이도서상을 받았다. 수십 권의 그림책과 생태 동화를 썼다. 청소년을 위한 소설로는 『성인식』 『하늘을 달린다』 『사랑니』 『친구님』 『고양이가 기른 다람쥐』 『서울 사는 외계인들』 『숲은 그렇게 대답했다』 등이 있다. 소설 『고양이가 기른 다람쥐』는 2012년도 중학교 3학년 국어교과서에 수록되었고, 2018년에는 고등학교 1학년 국어교과서에 전작이 수록되었다.

수업을 마치고 교실을 나오자마자 시우한테서 카톡이 왔다. 시우는 학원에 가기 전에 만나서 저녁을 같이 먹자고 했다. 순간 나도 모르게, 그래 이따 보자, 하고 답글을 써 놓고는 얼른 지우면서 허둥거렸다. 실은 오늘만 해도 몇 번이나 시우가 보고 싶었다. 하지만 내 몸을 통제하고 있는 뇌는 이 순간에도 냉정했으며, 어서 적절하게 이유를 둘러대면서 거절하라고 명령을 내리고 있었다. 나는 그 명령을 충실하게 따르듯이 다음 주 기말고사 끝나고 보자는 답글을 보냈다. 물론 기말고사가 마무리된 뒤에도 시우를 볼 수 있을지 그건 장담할 수 없다. 시우는 알았다고 하면서, 오늘 하루도 행복하게 지내자고 덧붙였다.

나도 모르게 맥이 빠지며 "바보!" 하고 중얼거렸다. 나는 지난 2주간 그런 식으로 시우를 피해 왔다. 분명히 시우도 알고 있을 것이다. 그렇다면 보다 더 적극적으로 만나자고 하든가, 아니면 왜 그러냐고 따지면서 한 번쯤 우리 학교 앞에서 진을 치고 있다가 나를 낚아채듯이 끌고 갔더라면, 그랬더라면 어떻게 되었을까? 후후후, 이상하게도 쓴웃음이 나온다. 도무지 나를 알 수가 없다.

다시 카톡이 왔다. 혹시나 하고 열어 보았더니 시우가 아니라 지수였다.

은진아, 안녕? 그냥, 갑자기 생각나서…… 잘 지내지?

지수는 아주 가끔씩 잊혀질 만하면 그렇게 카톡으로 소식을 전해 왔다. 다른 날이었다면 지수랑 이것저것 궁금한 안부를 주고받다가 정리했을 것이다. 그런데 오늘따라 이상하게도 지수의 목소리가 듣고 싶었다. 내 전화를 받은 지수는, 이렇게 전화해도 되느냐고 놀란 목소리로 물었다. 나는 수업이 끝나고 집에 가는 중이라고 말했다. 내 말투는 종종 고향이 충청도냐는 질문을 받을 정도로 느렸는데, 왜 그런지 모르겠지만 리듬을 상실한 채 자꾸만 빨라졌다. 지수는 그냥 무작정 걸어 다니다가 내가 생각나서 카톡을 했다고 낮게 말했다. 그 말을 듣자 나도 모르게 보고 싶다는 말이 튀어나왔다. 그러고 보니 지수를 본 지도 벌써 4년, 아니 5년쯤 지난 것 같았다. 나도 모르게 다시 한숨을 내뱉었는데, 지수는 약간 장난스럽게 목소리를 높였다.

"언제 보려고? 지금도 못 보는데……."

묘하게도 나는 당황하고 있었다. 그건 내가 전혀 예상하지 못했던 말이었다.

"있잖아…… 지금이야 그렇지만 대학 가면 볼 수 있겠지. 안 그래?"

그건 내 진심이었다. 적어도 대학 가면 지금보다는 더 여유로울 것이라고 생각하고 있었다.

"과연 그럴까? 너랑 내가 어느 대학을 갈지도 모르고……. 요즘은 대학생이 고딩보다 더 여유 없다는 거 잘 알잖아? 우리 사촌 언니는 대학 가자마자 휴학하고 공무원 시험 준비하고 있어. 거기 합격해 놓고 대학 다니든지 말든지 한대. 또 다른 사촌 오빠는 벌써 4년째 졸업을 안 하고 있어. 취업을 해야 졸업을 하든지 말든지 한다면서…… 친척들 모임에도 안 나오니, 진짜 얼굴 한 번 보기 힘들어. 근데 대학 간다고 볼 수 있겠니? 환갑 지나서 본다면 모를까? 다 늙어서 말야."

지수의 말이 끝나기도 전에 나는 멍해지면서 다리가 풀려 버렸다. 학교 앞 카페 건물 벽에다 잠시 몸을 기대고 눈을 감았다. '환갑 지나서 본다면 모를까? 다 늙어서 말야…….' 그 말이 자꾸만 귓전에서 맴돌이쳤다. 나는 무엇 때문에 살아가는 것일까? 보고 싶은 사람을 보지도 못하고 죽어라고 공부만 하면서 살아가야 하는데, 그렇게 살아서 과연 행복할 수 있을까? 내 몸이 빈껍데기가 되어 붕 떠오르는 것 같았다.

나는 귀가 멍해졌을 때를 떠올리면서 침을 한 번 삼키고 발끝에다 힘을 주었다.

"지수야, 네 말이 맞아. 그래서 하는 말인데…… 있잖아, 우리 오늘 볼까?"

내 입에서 그런 말이 터져 나오리라고는 정말이지 상상도 못 했다. 지수도 놀랐는지 언뜻 대답하지 못하더니, 한참 만에야 역시 웃으면서 낮게 말했다.

"환갑 어쩌고 저쩌고 한 말은 너한테 한 말이 아니야. 그냥 나한테 하는 말이야. 나 요새 그런 생각 자주 하거든. 그러니 너무 신경 쓰지 마."

"지수야, 니 말이 맞아. 그래, 우리가 살면 얼마나 잘 산다고, 보고 싶은 친구 얼굴도 못 보고…… 이러다간 환갑 지나고 볼 거야. 만약 살아 있다면 말이야. 그래서 난 지금 너 보러 달려갈래. 여기서 고속버스 타면 세 시간? 세 시간 반? 에이, 별로 먼 거리도 아닌데 말야. 나, 진짜 간다! 진짜야!"

"은진아, 진짜? 진짜 온다고?"

나는 더욱 빠르고 높은 톤으로 그러니까 평소 내 목소리라고는 전혀 느끼지 못할 정도로, "정말 갈 거야!" 하고 몇 번이나 소리쳤다. 그러자 지수는 특유의 차분한 목소리로 돌아와 있었다.

"그래, 기다릴게. 다른 생각 다 꺼 버리고, 나 만나서 뭐 먹고 뭐하고 놀지만 생각해."

"알았어!"

나는 집을 향해 뛰기 시작했다. 혹시라도 내 생각이 바뀔까 봐, 집에 와서 샤워도 하지 않고 정신없이 옷을 갈아입고 다시 튀어나올 정도로 나는 자신을 믿지 않았다.

구름 위를 걷는다는 것이 어떤 느낌일지 알 것 같았다. 고속버스 터미널까지 가는 동안 불안하면서 설레는 마음을 도무지 어찌할 수가 없었다. 지수가 있는 D시로 가는 고속버스는 30분 간격으로 있었다. 버스를 타기 전에 휴대전화 벨 소리가 울리기 시작했고, 화면에 뜬 엄마라는 단어를 확인한 순간 나도 모르게 서둘러 버스에 올랐다. 근처 어디에선가 엄마의 눈빛이 표창처럼 날아올 것만 같았다. 나는 휴대전화를 진동으로 조절하면서 창문 커튼을 내렸고, 그러고도 안심이 되지 않아 어서 차가 출발하기만을 초조하게 기다렸다. 이윽고 차가 출발했는데도 마음이 놓이지 않았다. 엄마한테서 연달아 전화가 왔지만 받을 수가 없었다. 나는 아직까지 이런 상황에 대해서 엄마한테 설명할 자신이 없었다. 대단히 차분하면서도 논리적인 엄마의 말 몇 마디가 진격해 온다면, 나는 제대로 대꾸해 보지도 못하고 항복해 버릴 것이다. 나는 얼른 휴대전화 전원을 꺼 버렸다. 그제야 안도의 한숨이 터져 나왔다. 내가 갇혀 있었던 시간으로부터 점점 벗어나고 있다는 생각이 들었고, 그러면서 나른하게 졸음이 밀려오고 시작했다. 이렇게 깊이 잠을 자 본 적이 언제였을까, 하는 생각이 들 정도로 깊은 잠이었다. 눈을 뜨자마자 버스는 D시 터미널로 들어서고 있었다. 세상은 이미 어두워져 있었다.

　나는 커튼을 밀어내면서 휴대전화 전원을 눌렀다. 엄마는 내가 전화를 받지 않자 카톡을 10여 통이나 보냈다. 나는 잠깐 망설이다가 엄마가 보낸 메시지를 확인하기 시작했다. 엄마는 갑작스러운 내 행동에 당황하고 있었다. 평소 차분하면서도 논리적인 엄마의 목소리는 찾아볼 수 없었다. 갑자기 왜 이러냐고 묻는 말조차 맞춤법이 엉망이었고 띄어쓰기도 무시한 상태였다. 엄마는 메시지를 보낼 때마다 무슨 일이 있냐고 물었다. 아마도 내 돌출 행동을 시우 때문이라고 결론 내린 모양이었다. 그래서 더 정들기 전에 정리하라고 한 것이라면서, 나중에 대학에 가서 마음껏 자유롭게 만나라고 했다. 그때는 해외여행도 같이 가고 무슨 짓을 해도 말리지 않을 테니까, 지금은 엄마의 판단을 존중해 달라고 했다. 왜냐하면 지금은 잠시도 한눈을 팔 시기가 아니기 때문에, 지금 뒤처지면 다시 따라잡을 기회가 없기 때문에, 원하는 대학에 가기 위해서는 어쩔 수 없지 않느냐고 묻기도 했다.

　엄마가 보낸 메시지를 확인하다 보니 승객들이 다 빠져나간 것도 몰랐다. 운전기사가 다가와서 이제 내려야 한다는 말을 하고 나서야 겸연쩍게 웃으면서 일어났다.

차에서 내리자마자 지수가 내 이름을 부르면서 걸어왔다. 지수가 두 팔을 벌려 나를 안았다. 동성끼리도 이런 느낌이 들 줄은 몰랐다. 두근거리던 가슴이 폭발할 듯 뛰었고 온몸에 뭔가 짜릿한 느낌이 퍼져 나갔다.

"은진아, 진짜 오랜만이다! 우리 만난 지가 한 백 년은 지난 것 같다."

"난 그냥 몇 시간 지난 것 같은데…… 아무튼 세월 참 빠르다. 우리가 벌써 고딩이라니."

"어, 그래……."

그때 다시금 휴대전화가 울렸고, 우리는 슬쩍 떨어지면서 헤헤헤 웃어 댔다. 보나 마나 엄마일 것 같았다. 나는 신경 쓰지 않아도 된다고 말을 하면서 휴대전화를 호주머니에 넣었다. 지수가 걸음을 멈추고는 어깨를 툭 쳤다.

"니네 엄마 지금 숨넘어가겠다! 귀한 외동딸이 한마디 말도 없이 사라져 버렸으니…… 야, 우리가 나쁜 짓을 하는 것도 아니고, 그러니까 메시지라도 남겨라. 나 만나고 있으니 걱정 마시라고."

지수는 그렇게 말하고는 터벅터벅 걸어갔다. 나도 모르게 지수의 뒷모습을 쳐다보았다. 그러고 보니 누군가의 뒷모습을 이렇게 오랫동안 쳐다본 적도 없었다는 생각이 들었다. 정면으로 볼 때는 분명 나보다 작다는 느낌이었는데, 뒷모습을 보니까 이상하게도 나보다 훨씬 커 보였다. 하마터면 달려가서 지수를 붙잡고는 키가 얼마나 되냐고 물어볼 뻔했다. 사람의 앞모습과 뒷모습이 이렇게 다를 수 있다는 사실을 처음 알았다. 은연중에 나는 뒷걸음치면서 벽에다 등을 붙이고는 휴대전화를 끄집어냈다. 엄마한테 메시지를 쓰면서도 계속 내 뒷모습이 신경 쓰였고, 그래서 몇 마디 말을 적는데도 맞춤법이 하도 틀려서 제법 시간이 걸렸다.

지수는 열 걸음 정도 앞에서 나를 기다렸다가, 이렇게 먼 길을 달려와 주어서 고맙다고 했다.

"있잖아, 나도 꿈만 같아. 서울에서 고속버스 탈 때부터 그랬어."

나는 그렇게 말을 하면서도 앞으로도 종종 이런 기분을 느껴보고 싶다고 덧붙이고 싶었지만, 그 말을 지켜낼 수 있을지 확신할 수가 없어서 간신히 참아 냈다.

"가끔씩 나이든 어른들이 그러잖아! 살다 보니 이런 일이 생긴다고…… 내가 지금 그런 말을 하고 싶은데, 그런 말을 해도 되나, 괜찮을까?"

"있잖아, 나도 모르겠어. 왜 갑자기 니가 보고 싶어졌는지……."

나는 다시금 지수의 얼굴을 쳐다보았다. 화장기 없는 얼굴은 감실감실했으며 많이 야위어 있었다. 옷차림은 심하게 구멍 뚫린 청바지에다 진달래색의 화사한 반팔 티셔츠를 입고 있어서 밝은 분위기였는데, 눈빛만큼은 그리 밝지 않았다.

지수가 밖으로 나가는 회전문 앞에서 먹고 싶은 것이 무엇인지 물었다. 나는 아무거나 괜찮다고 했다. 그 말은 특별하게 먹고 싶은 것이 없다는 뜻이었는데, 점심을 먹은 뒤로 물 한 모금 입안에다 털어 넣지 않았기 때문에 지금쯤이면 위장이 맹렬하게 배고픔을 호소했어야 한다. 그런데도 나는 배고프다는 생각을 하지 못하고 있었다. 지수가 그런 나를 보고 씩 웃었다. 예전에는 몰랐는데 오늘따라 지수가 소년처럼 보였다. 처음에는 요즘 또래들한테서는 볼 수 없는 단발머리라서 그런 줄 알았는데, 살짝 수줍게 웃어 대는 그 모습이 보이시하면서 중성적인 분위기를 풍겼다.

"지수야, 너 삼겹살 엄청 좋아하잖아? 내가 흑돼지로 유명한 곳 아는데…… 여기서 버스 타고 조금 이동해야 해. 어때?"

삼겹살이라는 말을 듣자마자 내 위장이 배고프다고 악을 써 대는 것 같았다.

지수가 앞치마를 두르고 삼겹살을 구웠다. 그렇다고 노련한 손놀림은 아니었지만 천천히 고기를 뒤집어 가면서 골고루 익힌 다음 내 앞으로 내밀었다. 순간 기분이 묘해졌다. 나는 지금까지 살아오면서 한 번도 고기를 구워 누군가에게 내밀어 본 적이 없었다. 나는 늘 둥지 속에 있는 어린 새처럼 받아먹기만 했다. 엄마 아빠는 항상 고기를 구워서 내 앞에다 먼저 주었으며, 나는 그것을 당연하게 받아들였다. 내가 포만감을 만끽하면서 고기를 집어 먹는 속도가 완연히 떨어지고 나서야 부모님은 남은 것들을 입안으로 밀어 넣었다. 갑자기 가슴 속에서 뭔가 뭉클해졌다. 그러면서 나도 이제는 누군가를 위해서 저렇게 고기를 구워야 할 나이가 되었음을 새삼 깨달았다.

"은진아, 뭐 해? 어서 먹어!"

"응, 너도 먹어!"

나도 서툴게 젓가락으로 삼겹살을 뒤집어서 지수 앞으로 내밀었다. 지수가 하얀 이를 드러내고 웃었다. 우리는 그렇게 삼겹살을 먹기 시작했다. 역시 소문난 집이라서 그런지 노릇노릇하게 익은 고기와 묵은 김치의 궁합이 잘 맞았다.

"너무 맛있다!"

"행복해!"

지수는 고기를 상추에 싸서 양 볼이 터지도록 입안에다 밀어 넣고는 살포시 눈을 감았다. 지수는 어렸을 때도 저런 표정을 지었다. 나도 지수처럼 고기의 맛과 향을 음미하면서 천천히 먹으려고 했으나 막상 입안으로 고기를 넣으면 나도 모르게 몇 번 씹지도 못하고 넘겨 버렸다. 그래야 후련했다. 그렇게 빨리빨리 위장으로 내려보내야만 기분이 좋았다. 둘 다 삼겹살 광팬이었지만 그렇게 받아들이는 방식은 달랐다.

"은진아, 이렇게 너랑 삼겹살을 먹다 보니, 꼭 미래에 와 있는 느낌이 들어. 그러니까 우린 지금 초등학교 4학년인 거지. 근데 고등학생이 된 우리의 미래를 보고 있는 듯한…… 사실 난, 그때부터 이런 상상을 해 왔거든. 너랑 중학생, 고등학생, 대학생이 된 다음에도 만나서 삼겹살을 먹는 상상 말이야."

나는 그런 생각을 한 번도 해 본 적이 없기 때문에 얼른 대꾸하지 못했다. 그러면서 조금은 지수한테 미안해졌다. 그러고 보니 우리가 헤어지고 나서도 항상 지수가 먼저 연락을 해 왔다. 그런 것 같았다. 나는 그런 우리의 관계마저도 당연하게 받아들이고 있었다. 나한테 지수는 어떤 존재였을까? 어쩌면 아주 절실한 친구는 아니었을지도 모른다. 그렇지만 힘들 때마다 부모님 다음으로 혹은 남친인 시우 다음으로, 아니 가끔은 가장 먼저 떠오를 때도 있었다. 다만 먼저 연락하지 않았을 뿐이다. 굳이 연락하지 않아도 잘 살고 있으리라는 믿음이 있었던 친구였다. 그런 생각이 떠오르자 나는 더욱 빠른 속도로 대충대충 씹어서 고기를 삼켰다. 그러면서 나도 모르게 행복하다는 표정을 지었다. 그런 나를 보면서 지수는 웃었다.

"야, 우리 각 3인분 정도는 먹은 것 같은데…… 사장님이 놀라는 거 아냐?"

"그러거나 말거나!"

우리는 곧장 2인분을 더 주문했고, 우리 아빠 또래의 땅딸막한 사장님은 놀란 눈빛으로 우리를 쳐다보면서 진정한 삼겹살 마니아 같다고 웃었다.

그때 지수의 휴대전화가 울렸다. 지수의 것이 울리는데도 내가 긴장하고 있었다. 지수는 휴대전화를 보더니 자기 뒷머리를 툭 치고는 전원을 꺼 버렸다. 지수는 부모님에게 나를 만난다는 말을 이미 했다고 하면서, 다시 고기를 굽기 시작했다.

"엄마야 뭐 뻔하지 않니? 니네 엄마가 나를 만난다는 사실을 알았을 것이고, 부랴부랴 우리 엄마 전화번호를 수소문해서 연락했겠지. 그래서 우리 엄마가 나한테 연락하는 것일 테고……."

순간 나는 더욱 긴장이 되어서 입안으로 들어간 고기를 씹어 대고 있는지도 몰랐다. 그러다가 목구멍으로 힘겹게 고기가 넘어가고 있다는 것이 느껴져야만 숨을 쉬는 것 같았고, 그래서 더욱 빠르게 고기를 입안으로 밀어 넣어야만 했다. 나는 어서 고기를 먹고 이 식당을 나가고 싶었다. 불시에 엄마가 들이닥쳐서 나를 체포할 것만 같았다. 그만큼 나는 불안해하고 있었다. 그러다가도 구운 고기를 어김없이 상추에 싸서 볼이 터지도록 밀어 넣고는 그 육질과 맛을 음미하면서 흐뭇하게 미소 짓는 지수를 보자 그만 웃음이 터져 버렸다.

"있잖아, 지수야! 사람 관계라는 거 말이야, 진짜 알 수가 없어. 우린 친구지만, 그렇다고 학교에서 티 내고 친한 척해 본 적도 없잖아? 있잖아, 내 기억이 정확하다면 아마 초등학교 3학년 때 누군가의 생일 파티에서 널 첨 본 것 같아. 그때 같은 아파트에 산다는 거 알았고, 뭐 어찌어찌하여 부모님들도 친해진 것 같고, 그래서 같이 삼겹살을 자주 먹던 기억이 있어. 그랬을 뿐, 어디를 같이 놀러 가 본 적도 없고, 그렇다고 이야기를 많이 나눈 것 같지도 않고. 근데 니가 갑자기 지방으로 이사를 가 버리니까 그때부터 니가 더 또렷하게 떠오르더라. 더 친하게 지낼걸, 그런 후회도 생겼고. 그래서 5학년 여름방학 때 부모님을 졸라서 너희 집에 간 거야. 그때도 우린 삼겹살집에서 봤는데, 막상 마주하니까 별로 할말이 없더라. 니네 엄마랑 우리 엄마는 왜 보고 싶은 친구를 만났는데도 별 말이 없냐고 했지만, 난 말야, 그냥 널 보는 것만으로도 좋았어. 그 뒤로도 몇 번 니가 보고 싶어서 엄마를 조르려고 했는데, 만나도 막상 할 말이 없을까 봐 그냥 참았고……. 그러다 보니 중학생이 되고, 고등학생이 되어 버린 것 같아. 있잖아, 그래도 우린 이 휴대전화 덕택에 꾸준히 연락을 주고받았어. 하지만 우린 서로의 속 깊은 이야기를 한 번도 나눈 것 같지 않아. 근데도 왜 난 널 가장 친한 친구라고 생각하고 있었을까?"

화장실에 가자마자 휴대전화 전원을 눌렀다. 아직은 서울로 가는 고속버스 막차가 남아 있었다. 서울로 돌아가려면 이제 터미널로 가야만 하는데 왜 이렇게 겁이 나는지 모르겠다. 다시 서울에서 마주하게 될 내 자신과 부모님을 보면서 예전처럼 아무렇지도 않은 것처럼 시시덕거리면서 살아갈 자신이 없었다. 그렇다고 나한테 뭔가 특별한 일이 있었던 것도 아니다. 그런데도 나는 아주 많이 달라져 버린 것만 같았다. 이런 나를 모르겠다.

아빠와 엄마가 보낸 카톡이 스무 개도 넘게 와 있었다. 나는 아빠의 메세지만 확인하고 싶었다. 아빠는 엄마와 달리 차분했다. 아빠는 크게 걱정하지 않지만 엄마가 지금 멘붕 상태이기 때문에, 이 카톡을 확인하면 아빠한테 전화를 해 달라고 했다. 그러면서 아빠는 네가 고등학생이 된 뒤로는 한 번도 데이트 한 적이 없었구나, 하며 미안하다고 했다. 사실 나는 외모부터 성격까지 아빠를 빼닮았다. 그래서 그런지 아빠 하고는 깊은 이야기를 하지 않고 그냥 표정만 보고도 심리 상태를 알 수 있었다. 초등학교 때부터 우리는 엄마 모르게 비밀 데이트를 했다. 아빠랑 만나면 주로 엄마에 대한 이야기를 했고, 아빠는 그냥 내 이야기를 다 들어 주었다. 물론 친구 이야기, 세상 이야기도 했다. 아빠가 엄마 하고 다른 점은 그냥 내 이야기를 들어 준다는 것이었다. 아빠는 절대 이렇게 해라, 저렇게 해라 하는 말을 하지 않았다. 그런데 언제부턴지 우리의 비밀 데이트는 중단되어 버렸다. 아빠는 내가 고등학교에 들어간 다음부터라고 생각했지만 실은 그보다 훨씬 전부터 우리는 단절되어 있었다. 아마도 내가 외고를 가느냐 마느냐를 놓고 고민할 때부터였으니까, 중학교 2학년 가을 이후로는 아빠 하고의 통신 채널은 먹통이 되어 버렸다. 막무가내로 외고행을 강요하는 엄마의 서슬을 한번쯤 막아 주기를 간절히 기대했는데, 그때마다 아빠는 내 주파수를 외면해 버렸다. 결국 나는 외고에 응시할 수밖에 없었고, 결과는 참담했다. 그때부터 나는 아빠한테 그 어떤 주파수도 보내지 않았다.

있잖아, 아빠가 미안하구나! 아빠도 바빠지고, 너도 바빠지고 해서, 나중에 대학생이 되면 편하게 술 한잔 마시면서 데이트할 거라고 생각하고 있었는데…….

아빠의 카톡을 다 읽기도 전에 휴대전화 진동음이 온몸으로 파고들었다. 아빠였다. 나는 얼른 휴대전화 전원을 눌러 버렸다. 아빠가 많이 당황하고 놀라겠지만 나로서도 어쩔 수 없었다. 지금 당장은 아빠랑 통화를 한다고 해도 뭐라 할 말이 없었다. 아빠가 대체 무슨 일이 있었느냐고 물으면 아무런 일도 없었다고 대답할 수밖에 없었고, 그런 나를 아빠가 이해해 줄 리가 없었다. 솔직히 지금은 나 자신도 이해할 수가 없었다.

화장실 밖에서 지수가 손으로 부채질을 하다가 나를 향해 손을 흔들었다. 그런 다음 휴대전화를 끄집어내서 시간을 보고는, 우리가 밥을 너무 오래 먹은 것 같다고 말하며 히히히 웃었다.

"은진아, 이제 가야지. 막차 타려면 지금 가야 해. 아쉽지만 이렇게라도 보니까 좋다."

지수 입에서 막차라는 말이 나오자 더욱 불안해지면서 버스를 타야 할지 택시를 잡아야 할지 잠시 헷갈렸다. 지수는 택시를 타야 할 것 같다고 하면서 정류장 쪽으로 앞서 걸었다. 지수가 차도로 내려가서 손을 들고 택시를 잡으려고 하는 순간이었다. 나도 모르게 지수에게 다가가서 팔을 잡아끌었다.

"있잖아, 나 안 갈래! 오늘 밤은 너랑 있을래. 그럴 수 있지?"

그것은 진짜 전혀 준비되지 않은 말이었다. 그랬으니 그렇게 말을 해 놓고도 나는 당황하면서 얼굴이 달아올랐고, 자꾸만 호주머니 속에 있는 휴대전화만 만지작거렸다. 내 몸속에 또 다른 내가 있을 수도 있다는 사실을 처음으로 알았다. 지금 이 순간만큼은 내 속에 있는 또 다른 내가 나를 조종하고 있다는 사실을 알았고, 아무리 발악해도 또 다른 나를 당해 낼 수 없음을 인정할 수밖에 없었다. 나는 에라 모르겠다 하고 체념해 버렸다. 한동안 나를 빤히 보면서 생각에 잠겨 있던 지수가 좋다며 소리쳤다. 지수가 내 팔짱을 꼈다. 이제 마음이 바뀌어도 풀어 줄 수 없다고 말하는 것 같았다.

우리는 노래방으로 이동했다. 지수가 래퍼로 변신하여 연달아 두 곡을 불러 댔지만 나는 좀처럼 집중이 되지 않았다. 나는 간신히 노래 두 곡을 부르고 화장실로 가서 다시 휴대전화를 끄집어냈다. 시간으로 보아 지금 달려가서 택시를 타면 막차를 탈 수도 있었다. 순간 몸이 휘청 흔들렸다. 나는 얼른 벽에 기댔다. 그리고 눈을 떠 보니 물기가 흐릿하게 배어 있는 화장실 유리창 속에 유령 같은 여자아이가 서 있었다. 나는 그 아이를 보면서 물었다.

"있잖아, 너 진짜 무슨 일 있는 거야? 왜 그래? 이상해. 어서 집에 가야지."

그 아이는 살짝 눈을 감은 채 고개를 흔들었다.

"가고 싶은데, 나도…… 자신 없어. 그냥, 누굴 보는 것도, 살아가는 것도……."

그때 카톡이 왔음을 알리는 진동이 나를 흔들었다. 시우였다.

벌써 니가 돌아올 시간이 지났는데도 너는 오지 않는구나. 오늘은 널 보지 못하고 간다. 잠을 잘 수 있을지 모르겠다. 그동안 니 뒷모습이라도 몰래 볼 수 있어서 견딜 수 있었는데…….

"이 바보! 그랬구나! 그래서 그동안 아무렇지도 않은 척했구나! 난 그것도 모르고……."

거울 속에 있는 그 유령 같은 여자아이가 그렇게 소리치면서 어디론가 달려갔다. 나는 그 아이가 순간 이동을 하여 당장 시우 앞으로 날아가기를 바랐다. 괜히 눈물이 났다. 뒤에서 지수가 나를 부르면서 다가오자 얼른 수돗물을 틀고 얼굴을 씻어 대기 시작했다. 아마도 5분 아니 10분도 넘게 계속 세수를 했을 것이다. 지수는 그때까지 기다렸다가 여길 나가자고 했다. 내가 미안하다는 표정을 짓자, 지수는 괜찮다고 웃으면서 심야 영화나 한 편 보자고 했다. 나는 고개를 끄덕이면서 따라갔다. 나는 영화관에 도착해서도 휴대전화를 열어 시간을 확인했다. 막차 시간이 10분쯤 지나 있었다. 나도 모르게 한숨을 내쉬면서 의자에 앉았다. 그때 외고에서 떨어졌다는 것을 확인했을 때처럼 허탈했는데, 몇 번 심호흡을 하고 나자 몸이 가벼워지는 것 같았다. 그런 느낌도 생전 처음이었다. 허탈하면서도 가벼운 것, 그런 느낌이 내 몸 안에서 충돌하지 않고 서로 섞여 뭐라고 옹알이를 하고 있었다. 나는 가만히 눈을 감고 있다가 지수가 부르는 소리에 놀라 눈을 떴다.

"이야, 거의 만석이다. 날이 더워서 다들 영화 보러 나왔나 봐."

나는 지수를 따라 영화관으로 들어갔다. 슬쩍 눈을 돌려 보니까 영화관이라는 데가 그렇듯이 가족끼리 혹은 친구나 연인끼리 그렇게 끼리끼리 앉아 있었다. 언젠가 시우가 한번 심야 영화를 보자고 했던 기억이 떠올랐다. 나는 모든 남자들이 그렇듯이 엉뚱한 마음을 품고 있지나 않을까 하는 경계의 눈빛으로 냉정하게 거절했는데, 그때 당황해하던 그의 눈빛이 새삼 또렷하게 번져왔다. 그래서 그런지 영화가 시작되어도 집중이 되지 않았고, 나도 모르게 휴대전화를 열어서 시우가 보낸 카톡만 되풀이해서 곱씹고 있었다. 그러다가 엄마한테 전화가 오자 화들짝 놀라며 전원을 눌러 버렸다. 팝콘을 먹으면서 나를 흘겨보던 지수가 슬그머니 귀엣말을 하였다.

"은진아, 영화 너무 지루하다. 나가자. 도저히 졸려서 안 되겠어."

지수를 따라 밖으로 나온 나는, 다시 깊은 한숨을 내쉬면서 미안하다고 했다. 내가 아무리 눈치 없는 사람이라고 해도 지수가 나를 배려하기 위해서 일부러 엉뚱한 말을 했다는 것쯤은 맥을 짚을 수 있었다. 지수는 내 어깨를 한 번 툭 치고는, 영화관 건물을 빠져나오자마자 펄쩍 뛰었다.

"은진아! 난 영화 별로 안 좋아해. 더구나 심야 영화는! 순전히 너 때문에 시간 때우려고 갔는데 잘됐다. 그까짓 돈이 문제냐? 안 그래? 야, 그냥 우리 이렇게 바람 맞으면서 밤새 돌아다니자. 어때?"

나는 지수의 어깨를 툭 치면서 고개를 끄덕였다. 이번에도 지수가 앞서 걸었다. 역시 앞에서 보는 것 하고는 달리 지수의 뒷모습은 시우의 뒷모습만큼이나 아니, 아빠의 뒷모습만큼이나 컸다.

갑자기 바람이 불어왔다. 며칠째인지 알 수 없는 열대야 속에서 만난 바람인지라 뼛속까지 시원하게 느껴졌다. 나는 두 팔을 벌리고 바람을 맞이하다가 이유를 알 수 없는 고함을 지르면서 달려갔다. 순간 얼마나 당황했는지 모른다. 내가 아닌 것 같았고 누군가 나를 조정하는 것 같았다. 그러면서도 짜릿한 기분에 이 벅찬 박동을 멈추고 싶지 않았다. 아쉽게도 그 박동에 몰입한 시간은 너무 짧았다. 200미터쯤 달렸을까? 아니 그보다 훨씬 짧은 거리였을지도 모른다. 어느새 나는 헉헉거리면서 가로수 밑에다 고개를 처박고는 침몰해 버렸다. 어처구니없었다. 뒤따라온 지수가 나를 보고 앞으로 닉네임을 치타로 바꾸는 것이 어떠냐고 물었다. 그만큼 내가 빨랐다는 사실에 조금은 위안을 삼을 수 있었다. 지수는 너무도 멀쩡했다.

"넌 하나도 안 지쳤네? 그럼 뭐지? 치타는 빨리 지치고, 지구력이 강한 동물이라면 자칼이나 하이에나 같은 동물인가?"

지수는 치타나 표범보다는 하이에나를 더 좋아한다고 말하며 산행을 자주 하다 보니 지구력이 생긴 것 같다고 했다. 그래서 나는 지수가 산을 좋아하나 보다 했는데, 뜻밖에도 이맛살을 찌푸리면서 끔찍이도 싫어한다고 했다. 그런데도 부모님 손에 끌려 억지로 백두대간을 타는 동아리에 가입해야만 했다고 한다. 부모님은 지수한테 백두대간 정도는 완주해야만 학교를 졸업할 수 있다는 식으로 몰아붙인 모양이었다. 지수는 많은 아이들이 그렇게 끌려다녔다고 쓴웃음을 지었다. 그러면서 왜 모두들 모여서 정상을 향해 질주하는지 모르겠다고 하며 나를 쳐다보았다.

나는 그런 생각을 해 본 적이 없었기 때문에 멍하니 듣고만 있었다. 지수는 산악인이라고 하는 자들이 가장 싫다며 경멸하는 눈빛을 보이기도 했다. 세계 최고봉에 올랐다고 태극기를 꽂아 대고 어쩌고 하는 게 왜 뉴스감인지, 왜 박수받을 일인지 모르겠다는 것이다.

"지들이 뭐라고 산을 정복해? 그게 말이 돼? 결국 예정된 백두대간을 거의 다 소화해 갈 무렵 더 이상 가기 싫다고 혼자 산을 내려와 버렸어. 아무도 모르게 말야. 그날 난리가 났지. 하하하, 어른들이 그러는데 경찰 헬기까지 떴다나 어쨌다나!"

아무튼 그 뒤로 지수는 어른들이랑 같이 산에 가지 않았고, 혼자 산행하는 맛을 찾아냈다고 웃었다. 지금도 지수는 혼자 산에 가서 숲속을 돌아다니는데, 자주 가는 숲에 접어들면 '여기서부터는 현실이 아닌 판타지 세계다' 하고는 휴대전화까지 다 꺼 버리고 맨발로 걸어 다닌다고 했다. 살금살금.

"은진아, 지금은 그런 짓 하면서 버티고 있는데……."

거의 혼잣말에 가깝게 주절거리는 지수의 말 한 마디 한 마디가 바람처럼 내 몸을 훑고 지나갔다. 그 바람은 까끄라기처럼 따가웠다. 나는 지수의 뒤를 그림자같이 따라가다가 슬그머니 그의 뒷모습을 끌어안았다. 순간 지수의 뒷모습이 떨렸다. 시우의 뒷모습보다 아빠의 뒷모습보다 더 커 보이던 지수의 뒷모습은 너무도 가늘고 작았으며, 언젠가 초등학교 앞에서 사 들고 왔던 병아리가 떠올라서 얼마나 당황했는지 모른다. 어떤 것이 지수의 진짜 뒷모습인지 알 수가 없었다.

"참, 어렸을 때는 엄마나 아빠가 안아 주었을 때만 좋았는데…… 이제 동성의 친구가 안아 주어도 좋구나! 그렇게 나이 들어 가는 것인가?"

우리는 다시금 서로의 얼굴을 마주 보면서 애써 웃음을 지었다. 나는 아무런 말도 할 수가 없어서 그냥 웃어 주기만 했다. 솔직히 나는 지수가 힘들게 살고 있을 것이라고는 한 번도 생각해 보지 않았다. 적어도 지수는 모든 부분에서 나보다 나았다. 지수의 부모님은 모두 국립대학 교수님이니까, 부모님 맞벌이로 올챙이 배밀이 하는 식으로 살아가는 우리 집 하고 삶의 질이 비교되지 않았다. 게다가 지수네 부모님은 공부에 대해 압박하지 않았고, 그래서 그랬는지 모르지만 지수는 중학교 때부터 유명한 대안학교를 다녔다. 나는 그런 지수를 얼마나 부러워했는지 모른다.

"너 혹시 술 마셔 봤어? 난 캔 맥주 하나 할 건데⋯⋯."

지수가 편의점을 보면서 물었고, 나는 미성년자라 팔지 않을 텐데 하고 되물었다. 지수는 아무런 망설임 없이 들어가서 종류가 다른 맥주 두 캔을 들고 나왔다. 그러면서 이렇게 새벽 시간대에는 편의점들이 술, 담배를 비교적 자유롭게 판매한다고 했다. 우리는 편의점 앞 파라솔 밑에 앉아서 맥주를 마셨다. 약간 쌉쌀하면서도 톡 쏘는 듯한 맛이었다. 초등학교 때 아빠가 남긴 소주를 살짝 맛 본 기억이 있어서 그런지, 그때의 혀끝이 갈라지도록 쓰디쓴 느낌이 아니어서 좋았다. 차가우면서도 천천히 온몸이 달아오르는 느낌도 좋았다. 초보라서 그랬는지 몰라도 마시는 속도를 조절하지 못하고 홀짝홀짝 마시다 보니 금세 빈 깡통이 되었다. 내 몸으로 들어온 알코올의 진격 속도는 예상보다 훨씬 빠르다는 것을 알았다. 나는 당연히 지수도 캔 맥주를 다 비웠을 줄 알았다. 그런데 지수는 마치 커피를 마시듯 고작 몇 모금 마신 상태였고, 다시 일어나서 걷자고 하였다. 사실 나는 한 캔 더 마시고 싶었다. 지수는 그럴 틈을 주지 않았다. 나는 자꾸만 흐느적거리면서 허물어져 내리는 몸을 겨우겨우 추스르면서 걸었다. 그런 내 모습을, 특히 뒷모습을 지수한테 들키기 싫었다. 내 뒷모습은 어떨까, 하는 생각을 하자 갑자기 움츠러드는 것 같았다.

"야, 비 오는 것 같아!"

지수가 하늘을 쳐다보았다. 내 콧등에도 빗방울의 손길이 느껴졌다.

"진짜 비 오네. 있잖아, 지수야……. 환한 대낮에 비 쫄딱 맞으면서 한번 걸어 보고 싶었는데…… 우린 왜 그렇게 하고 싶은 것도 못 하고 살까? 히히히, 바보같이. 왜, 우린 왜?"

입에서 흘러나오는 한마디 한마디는, 내가 지금 엄청나게 취해 버렸다는 것을 노골적으로 광고하듯이 늘어지고 있었다. 아무리 내가 자제하려고 해도 어찌할 수가 없었다. 빗방울은 우리 같은 사람들에게 어디론가 피할 틈을 주지 않고 들이닥쳤다. 나도 모르게 만세를 부르듯이 "아아아아!" 하고 소리쳤다. 뛰고 싶었지만 이번에는 다리가 움직이지 않았다. 그런 나를 지수가 잡아끌었다. 바로 뒤쪽 카페의 처마 밑이었다. 물론 간판의 불은 꺼진 상태였다. 그 옆에 있는 가게들도 모두 다 불을 끄고 잠들어 있었다. 그만큼 밤이 깊었다는 뜻이었고, 그래서 그런지 지나가는 사람도 거의 없었다.

그곳에 주저앉으니 다시는 못 일어날 것만 같았다. 그만큼 내가 무겁게 느껴졌다. 나는 슬쩍 지수를 보았다. 지수는 여전히 캔 맥주를 커피처럼 마셨다. 나도 모르게 손을 쭉 뻗어 캔 맥주를 낚아챈 다음 꿀꺽꿀꺽 다 마셔 버렸다. 지수는 아무 일도 없던 것처럼 비가 내리는 그 세상을 바라만 보고 있었다. 마치 다른 세상 같았다. 차들은 어디론가 끊임없이 질주하고 있었고, 그 속도에 맞춰서 세상의 밤 시간은 흐르고 있었다.

나도 모르게 노래를 부르고 있었다. 내가 초등학교 때부터 알던 거의 모든 유행가들을 거의 다 쏟아 냈는데, 누군가를 의식하지 않고 목이 터지도록 불러 보기란 아마 처음일 것이다. 빗줄기는 묘하게도 우리만의 세상을 완벽하게 만들어 주었고, 내 목소리는 노래방 안에 있을 때보다 더 또렷하게 울려 퍼졌다. 내가 지쳐서 무릎 사이에다 얼굴을 묻고 나자, 지수가 상상도 할 수 없는 고음을 연달아 토해 냈다. 성대가 갈가리 찢어질 정도로 강렬한 목소리였다. 틀림없이 호우주의보나 호우경보에 해당할 정도로 무지막지한 비바람이었지만 지수의 목소리는 조금도 꺾이지 않았다. 어느 순간부턴지 몰라도 내 목소리까지 가세했다. 그래도 누구 하나 우리를 쳐다보지 않았다. 그곳은 우리만의 세상이었다. 몇 백 곡, 몇 천 곡의 노래를 쏟아 냈는지 모른다. 그곳은 우리만의 해방구였다.

우리가 지쳐서 거의 동시에 노래를 멈추었을 때, 내 두 볼로 저 빗줄기만큼이나 굵은 눈물이 흐르고 있음을 뒤늦게 알았다. 그런데 왜 우는지 누가 묻는다면 대답할 수가 없었다. 왜 울었는지 나도 모른다. 다만 노래를 부르면서 그의 얼굴이 떠올랐던 것 같다. 외고 입시에서 떨어져서 힘들어할 때 따뜻한 봄바람처럼 다가온 얼굴이 있었다. 그는 나를 오래 전부터 지켜보았다고 했다. 그는 나보다 나이가 두 살 많았지만 같은 학년이었고, 같은 학원에 다니고 있었다. 그가 이렇게 속삭였다.

"나도 그럴 때가 있었는데…… 다 지나가더라. 그런 거야. 나랑 같이 가서 밥 먹자."

그때부터 내 마음 속에는 시우라는 작은 우물 하나가 생겨났다. 나도 모르게 그 이야기를 지수한테 주절주절 풀어 놓고 있었다. 나는 시우의 모든 것이 좋다. 외모도 그렇고, 성격이며 말투, 그리고 옷 입는 비주얼까지 내 취향이다. 다만 시우는 나만큼 공부를 잘하지 못한다. 엄밀하게 말하면 공부에 관심이 없다고나 할까. 엄마는 그런 시우를 못마땅해하면서 처음부터 떼어 놓으려고 했다. 올해 초부터는 직접 시우를 만나서 온갖 엄포를 놓았고, 한 달 전부터는 나한테 헤어지지 않으면 이사를 가겠다고 결연한 눈빛까지 날렸다. 나는 그런 엄마가 무서워서 거의 백기를 든 상태였다. 그런 내 자신이 바보 같다고 말했지만 지수는 한마디도 하지 않았다. 그러고는 고작 한다는 말이 "부럽다. 나도 연애하고 싶은데……." 하고 말해서, 나를 웃게 하고야 말았다.

빗줄기는 조금도 가늘어질 기미가 보이지 않았다. 찻길이 누런 흙탕물로 들어차서 강물처럼 찰랑거렸다. 게다가 어딘가에 떨어지는 천둥소리가 땅을 흔들었다. 나도 모르게 놀라면서 지수를 끌어안았다. 지수는 조금도 놀라지 않고 나를 안아 주었다. 나는 마치 작은 아이처럼 지수의 품에 안겨 있었다. 그러다가 다시 떨어져서 보니까, 놀랍게도 지수의 앞모습이 엄마만큼이나 커 보였다.

"어쩜 넌 놀라지도 않니? 있잖아, 난 심장이 떨어지는 줄 알았어."

지수는 한동안 아무런 말도 없이 자기 입술을 만지작거리더니, 조금 전에 목청이 갈라지도록 토해 내던 고음의 소유자라고는 믿어지지 않을 정도의 낮은 음으로 읊조렸다.

"난 말야, 난, 진짜 겁이 많아. 지금도 너보다 더 놀라고 있어. 다만 표현을 안 할 뿐이야. 아니 표현을 못 할 뿐이야. 난 그렇게 길들여져 왔거든. 난 고소공포증이 심해서 산 정상에 있는 바위에도 못 올라가. 백두대간 다니면서 바지에다 오줌을 몇 번이나 싼 줄 알아? 근데도 부모님은 나를 끌고 계속 산행을 했으니, 그거 폭력 아니니? 난 엄청난 폭력이라고 생각해. 그때 몇 번이나 바위에서 뛰어내리려고 했는지 몰라. 겁이 많아서, 죽는 게 무서워서 그러지는 못했지만……. 그래서 네가 보고 싶었어. 그때 난 진짜 죽고 싶었거든……."

다시 번갯불이 으르렁거리고 천둥이 세상의 어디론가 연달아 떨어졌다. 지수의 몸이 잠깐 흔들렸다. 이번에는 내가 지수를 안아 주었다. 지수의 몸이 어린아이처럼 내 품으로 쏙 들어와 있었다. 나도 모르게 입을 움직였다. 내 입을 통해서 지수의 목소리가 흘러나오고 있었다.

"난 대안학교가 무척 힘들었어. 부모님이 나한테 원하는 게 너무 많았거든. 백두대간도 가야 하고, 영어 연극반에도 들어야 하고, 100권 읽기 인문학 모임에도 가야 하고, 무슨 생태 모임에 들어야 하고, 뭐 해야 하고, 뭐, 뭐…… 차라리 영어, 수학 피 터지게 공부하는 게 더 편했을 거야. 그때, 너 보고 싶어서 서울 간 거야. 그래서 너한테 전화했지. 나 지금 서울에 왔다고. 혹시 볼 수 있냐고."

나는 퍼뜩 놀라면서 지수를 밀어냈는데, 녀석은 그런 나를 의식조차 못 하는 것처럼 비가 퍼붓는 세상만을 멍하니 바라다보았다. 작년 11월쯤에 지수한테서 갑자기 전화가 왔다. 학원에서 공부하고 있던 나는 조금 놀라면서도 반가웠다. 지수가 잠깐 만날 수 있냐고 했을 때, 학원 마치고 만나기로 했던 시우가 가장 먼저 떠올랐다. 나는 조금도 망설이지 않고 아쉽지만 안 된다고 했다. 마음만 먹었다면 얼마든지 지수한테 달려갈 수 있었다. 그때는 시우한테 폭 빠져 있었기 때문에 어쩔 수 없었다. 나는 그런 변명을 굳이 하지 않았다. 대신 지수의 손을 잡았다. 오늘은 어쩐지 입으로 하는 말보다는 이렇게 손과 손을 맞잡고, 그런 맨살의 느낌으로 하는 말이 더 상대에게 잘 전달될 것만 같았다.

"너도 많이 힘들었구나!"

나는 간신히 그렇게 말했다. 어쩌면 나한테 하는 말인지도 모른다.

"너 만나기 전까지만 해도…… 나, 실은 그때 학교 그만뒀거든. 그러자 부모님이 나한테 한 걸음 물러나는 것 같더니, 내가 대입 검정고시를 합격하자마자 다시……."

"야, 어른들은 왜 그러냐. 있잖아, 우린 진짜 그런 어른 되지 말자!"

"글쎄…… 은진아, 이렇게 보고 싶을 때…… 보고나 살자!"

나는 더 이상 아무런 할 말이 없었다. 다시 눈물이 흘렀다. 보나 마나 지수도 울고 있을 것이다. 우리는 그렇게 아무런 이유도 없이 울고 있었다.

지금이야 나보다 두 뼘 이상 더 크지만 그때는 나랑 키가 비슷했던 그 아이가 그랬듯이 엄청난 비바람도 지나가고 있었고, 어느새 도시의 한쪽으로 밝은 빛이 새어나오고 있었다. 우리 앞으로 사람들이 하나둘씩 지나갔다. 우리는 날마다 보고 살아온 그 세상이 낯설다는 것을 처음으로 알았다. 그리고 이제는 그 낯선 세상 속으로 들어가서 익숙한 시간을 찾아내야 한다는 것도 알고 있었다.

"있잖아, 어젯밤부터 오늘 새벽까지가 내 생애 가장 긴 시간 같았어. 한 백 년쯤 걸린 것 같아."

"난 너무 빨라서 몇 초밖에 안 걸린 것 같은데……."

우리는 서로의 손을 잡아 주면서 몸을 일으켰다.

　나는 여전히 내가 하는 문학이 청소년들의 삶을, 혹은 이 세상 살아가는 것들의 마음을 얼마나 그려 내고 있는지 궁금하기도 하고 두려워. 그래서 한 편 한 편 쓸 때마다 과연 이런 이야기가 청소년들에게 얼마나 도움이 될까 하는 생각을 하지. 부디 내 글이 너희에게 신선한 바람을 공급해 주는 작은 출구가 되기를 바란단다.

　그런 생각을 하지만 분명한 것은 내가 추구하는 예술이 학업 스트레스에 시달리는 너희에게 조금이라도 짐이 되어서는 안 된다고 생각해.

　이 글도 그런 생각으로 쓴 거야. 특히 이 글은 주위에 있는 아이들이 직접 소재를 제공해 주었어. 그 아이에게도 고맙다고 해야겠구나!

　우리나라 사람들은 고등학교에 입학하면 그때부터는 대학 입시라는 골인 점을 향해서 전력으로 뛰어가야 하거든. 그 길은 고속도로보다 더 빠른 곳일지도 몰라. 당연히 쉬어 갈 수도 없어. 고

속도로 휴게소처럼 쉬어 갈 수 있는 곳도 거의 없을 거야. 오직 죽자 사자 앞으로 뛰어가는 수밖에 없는 거야. 만약 쉬어 가게 된다면 그것은 누군가에게 추월할 기회를 주는 셈이니까, 몸이 아파도 쉬지 않고 뛰어갈 수밖에 없는 것이지. 그렇게 날마다 전력 질주를 하던 어떤 아이가 나한테, 잠시 그 궤도에서 벗어나고 싶다고 말한 거야. 하지만 그 아이는 끝내 그 궤도에서 벗어나지 못했단다. 부모님이 쫓아와서 그 아이를 데리고 갔거든. 그 아이는 꿈속에서만이라도, 공부에서 벗어나 누군가랑 편안하게 놀고 싶다고 말했어.

나는 그 이야기를 듣고 이 소설을 쓴 것이지. 고등학생인 글 속의 두 주인공이 현실에서는 자유롭게 살 수 없겠지만, 내가 만들어 놓은 글 속에서는 바람처럼 살아갈 거야. 문학과 현실은 다른 거니까. 그래서 문학이라는 예술이 필요한 거야. 거듭 말하지만 이 글이 너희에게 작은 출구가 되기를 간절히 바란단다.

김
선
영

바람의 독서*법

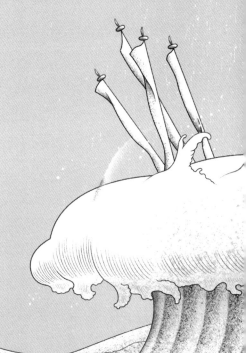

* 김형술의 시 「타르초, 타르초」에서 빌려 옴

김선영

충북 청원에서 태어나 아홉 살까지 산으로 들로 뛰어다니며 자연 속에서 사는 행운을 누렸다. 그 후 청주에서 지금껏 살고 있다. 학창 시절 소설 읽기를 가장 재미있는 문화 활동으로 여겼다. 막연히 소설 쓰기와 같은 재미난 일을 직업으로 삼으면 좋겠다고 생각하며 십대와 이십대를 보냈다. 경계에서 고군분투하는 청소년들에게 힘이 되고 힘을 받는 소설을 쓰고 싶다.

2004년 《대전일보》 신춘문예에 단편 「밀례」로 등단했으며, 2011년 『시간을 파는 상점』으로 제1회 자음과모음 청소년문학상을 수상했다. 지은 책으로는 소설집 『밀례』, 장편소설 『시간을 파는 상점』 『특별한 배달』 『미치도록 가렵다』 『열흘간의 낯선 바람』 『내일은 내일에게』 등이 있다.

1

"야, 너 봤냐?"

분명 그림이 움직였다. 아니 그림 속의 한 소년이 움직였다.

"뭐가?"

어젯밤, 희망이 없다고 징징대던 윤수가 희멀건 눈으로 되물었다.

"봐, 움직이잖아."

박물관 기획전에 걸려 있는 대형 그림을 가리키며 내가 말했다.

"뭐얼?"

윤수가 귀찮다는 듯 늘어지는 소리로 대꾸했다.

"저, 저거, 쟤, 보이냐? 청사초롱 들고 뛰어다니잖아."

"뭐가? 미친놈. 정신 차려 인마. 이제 헛것도 보이냐? 너도 드디어 맛이 가는 모양이다."

윤수가 헛소리하지 말고 나가자며 잡아끌었다. 그림에서 눈을 떼지 못하고 끌려 나왔다.

초등학교부터 지금껏 소풍 때마다 드나들던 박물관이다. 고등학생이 되어도 소풍 장소는 같다. 옛그림 특별전이 있다며, 아이들의 항의를 물리치고 담임의 설득으로 오게 된 곳이다. 아이들은 좀비처럼 행렬을 따라 걷는 것뿐이다. 어제도 똑같고 오늘도 똑같은 우리의 일상과 다를 바 없는 곳이다.

유속이 빠른 물살이 되어 고래 배 속 같은 박물관을 돌다 걸음이 멈춰 선 곳은 옛그림 특별전 코너였다. 갑갑했던 전시실과 다르게 특별전 공간은 신선한 바람이 가득했다. 자연 조화적 건축물로 전국에서 손꼽히는 곳이다. 건물 하단에 창을 내 중정의 정원이 보이고 천장 가까이 창을 내어 통풍이 잘되게 만든 아름다운 건축물로 이름나 있다.

벽면을 차지한 대형 그림 앞에서였다. 분명 그림이 움직였다. 초롱을 들고 뛰어다니는 댕기 머리 소년의 움직임에 따라 그림의 포인트가 달라졌다. 그런데 이상하다고 말하는 아이가 한 명도 없다. 물살 같은 속도로 박물관을 빠져나가기 바빴다. 윤수 말대로 내가 정말 맛이 간 것일까.

박물관 앞산을 멍 때리며 바라보았다. 바람이 뒷덜미를 쓸고 지나갔다. 선듯했다. 그 순간 뱀처럼 구불거리는 능선을 따라 빛이 번쩍거렸다. 마치 산 뒤편에서 조명을 비춰 주듯 능선을 따라 햇빛의 산란이 일어났다. 산 전체에서 빛을 뿜어내는 것 같았다. 눈을 비볐다. 그래도 마찬가지였다. 윤수 너도 보이냐고 물어보려다가 그만두었다. 이번엔 주먹이 날아올지도 모른다.

눈에 이상이 생긴 것일까. 눈을 다시 비벼 보았다. 노란 알갱이가 떠다니는 것처럼 보였지만 잠시 뒤 그것은 사라지고 눈앞의 산은 여전히 번쩍거렸다. 방금 전에 본 그림도, 헛것이라고 치부해 버리기엔 소년의 움직임이 확연했다. 청사초롱에서 흘러나오는 불빛으로 소년의 발길이 닿는 곳마다 환해지는 모습은 그림이 아니라 영화의 한 장면 같았다.

어느 야시장의 한 장면이 분명한데 다른 모든 것은 정지해 있어도 댕기 머리 소년만은 초롱을 들고 바삐 뛰어다녔다. 그 소년의 움직임에 따라 그림의 포인트가 달라졌다. 마치 이곳만은 꼭 보고 가라고 말하는 것처럼 초롱의 불빛이 닿는 곳에는 흑백의 그림이 옅은 채색을 띠기도 했다. 댕기 머리 소년은 어둑한 시장 판을 날아다니는 한 마리 반딧불이었다. 푸줏간에도 기웃거리고 대장간 앞에서도 발걸음을 멈추었다가, 서책과 종이를 파는 지전 앞에서는 꽤나 오래 머물렀다.

윤수가 어깨를 축 늘어뜨린 채 등나무 아래 벤치로 숨어들었다. 낮게 드리워진 덩굴 때문에 벤치는 어둠침침했다. 등을 구부리며 앉는 윤수의 뒷모습이 마치 빛을 피해 어둠 속으로 숨어드는 곱등이 같았다. 어젯밤, 난데없이 '망' 타령을 하던 윤수의 목소리가 떠올랐다.

"난 가망이 없어."

"뭐? 무슨 가망. 무슨 말이야?"

"……."

윤수의 한숨 소리가 길었다.

"야, 우리가 언제 가망, 뭐 그런 가능성 보고 살았냐?"

"그래, 인마 희망이 없다고."

윤수가 빈정 상한 투로 말했다.

"갑자기 무슨 '망' 타령이야?"

"나, 대학 안 갈 거다."

"미친놈, 니가 대학 안 가는 게 아니라, 널 받아 주는 대학이 없는 거겠지."

"알아, 짜식아. 그렇게 확인 사살 안 해도 안다고."

"왜 그래? 갑자기 썰렁하게. 나라고 뭐 오라는 대학 있는 줄 아냐?"

내 성적은 어중간했다. 포기하기도 그렇다고 작파하기도. 버린 자식 취급했으면 좋겠는데 담임은 굳이 희망을 잃지 말라고 했다. 내 성적은 엄마도 포기한 지 오래다. 윤수도 별반 나와 다르지 않다. 그런 윤수에게 위로의 말을 건네는 것이 지나가던 소가 웃을 일이지만 상태가 심각한 것 같아 나오는 대로 지껄인 듯했다.

"왜 희망이 없어 인마. 내일 아침 엄마가 무슨 반찬을 해 줄지도 희망이고 급식 시간에 어떤 메뉴가 나올지도 희망이고 나중에 어떤 여자 친구를 만날지도 우리에겐 희망 아니냐?"

근거 없이 이런 말을 주절주절 늘어놓았다. 나도 희망이 없기는 마찬가지인데 이런 거 저런 거 계산할 새 없이 당장 윤수의 까부라진 목소리가 더 급해 보였다.

"되지도 않을 거 용쓰며 돈 버리고 싶지 않다. 엄마도 생활비 대 주기가 빠듯한 거 같고."

또다시 윤수의 긴 한숨이 이어졌다. 초등학교 때 윤수 부모는 이혼을 했다. 엄마가 집을 나가고 아버지와 형과 함께 살고 있다. 아버지는 사업이 기운 후 건강이 좋지 않아 허드렛일로 소일하는 게 다였다. 어젯밤 윤수의 전화를 끊고 나도 맥이 빠졌다. 우울은 전염력이 강하다.

방에서 나오지 않는 형에 비하면야 나는 아주 양호한 편이다. 형은 초등학생 때부터 전교 1등을 놓치지 않았다. 그보다 더 어렸을 때는 영재 판정을 받았다. 한 번 본 것은 절대 까먹지 않았다. 한글은 거리의 간판이나 티브이 자막으로 우습게 깨쳤고 천자문도 술술이었다. 형의 머릿속엔 카메라가 있어서 한 번 찍은 것은 곧바로 저장되어 언제든지 꺼내 볼 수 있는 구조라고 영재 판정

단이 말했다. 형과는 전혀 다른 나의 저장 방식에 엄마는 달라도 어쩌면 이렇게 다르냐고 했다. 형은 고등학교에서도 전국 4퍼센트 안에 드는 1등급이었다. 그런 형이 방문을 닫아걸고 틀어박힌 건 고2에서 막 고3으로 올라갈 때였다. 그러니까 이제껏 잘 달려오다 마지막 스퍼트 부분에서 자신을 놓아 버린 마라톤 선수인 것이다. 마지막 피치를 올려야 하는 지점에서 아예 드러누운 꼴이 되어 버렸다. 엄마는 무너진 하늘에 깔려 거의 죽음 직전까지 갈 것 같은 얼굴로 형을 지켜보았다. 열지 않는 형의 방문을 붙잡고 울던 엄마의 처절한 몸부림을 보며 나도 함께 울었다. 그런 내가 엄마에게는 하등의 위로가 되지 않을 걸 알지만 나는 내 맘 속에서 엄마를 내친 적이 없다. 엄마는 어렸을 때 이미 엄마가 생각하는 기준에서 나를 내려놓았다. 형보다 현저하게 간섭이 심하지 않은 것을 보면 알 수 있다. 형의 모든 것은 엄마가 관리했다. 친구 관계부터 학원 스케줄, 심지어 노는 시간부터 먹는 것까지 통제했다.

나에게는 어떤 것도 터치해 오지 않았다. 엄마의 관심이 온통 형에게 쏠렸을 때 나는 자유를 얻었다. 정확히 말하면 무관심일 것이다. 온통 형을 향한 엄마의 눈은 나에게까지 쏟을 여력이 없었다. 나는 그게 좋았다. 지나친 관심보다는 자유가 좋았다. 그런 형을 보는 것만으로도 숨이 막혔다. 될성부른 떡잎은 철저히 자유를 박탈당한다는 것을 알고 나를 어중간하게 만들기로 했다.

책을 마음대로 볼 수 있었고, 학교 앞 문구점이나 노점에서 간식을 사 먹어도 되었고 친구도 내가 꼴리는 대로 사귈 수 있었다. 제일 좋은 건 보고 싶은 책을 마음대로 볼 수 있다는 거였다. 내가 엄마를 보며 질린 건 형이 읽는 책도 관리 대상으로 삼는다는 거였다. 논술이나 학과에 관련된 것으로 철저히 프로그래밍된 독서 목록만 읽을 수 있었다. 형은 내가 봐도 크는 게 아니라 키워지는 거였다.

형의 은둔 이유는 아무도 모른다. 형은 일체 말을 하지 않았으며 집안에 사람이 있을 때는 방 밖으로 나오지 않았다. 방문을 잠근 채 나오지 않는 형을 향해 엄마가 문을 부술 듯이 두드리자 형이 소리쳤다.

"엄마를 죽일지도 몰라요. 엄마를 미워하지 않으려고 이러는 거예요. 그러니까 내버려 두세요!"

형은 괴물처럼 소리쳤다. 그런 뒤 방안의 물건을 마구잡이로 때려 부수는 소리가 들렸다. 그게 끝이었다. 그 이후로 형의 목소리를 들은 적이 없다.

엄마는 나의 고1 1학기 중간고사 성적과 3월, 6월 모의고사 성적을 보고 모든 것을 내려놓았다. 사실 형에 비해 성적이 형편없는 거지, 중간 이상은 가는 편인데 엄마에게는 쓰레기 같은 숫자였다. 집에서든 학교에서든 인서울 정도의 성적이 아니면 이미 인생 실패자가 된 분위기였다. 그러니까 대부분의 아이들이 이미 낙오자라는 패배감을 맛봐야 했다.

"전문대라도 가야 하지 않겠니?"

"그냥, 네가 뭘 하고 싶은지나 찾아보는 게 어때?"

"대학, 뭐 안 가도 되지 않을까?"

"너 하고 싶은 거나 해. 뭘 좋아하고 재미있어하는지 그거 먼저 해 보는 게 어때? 공부가 뭐 중요해? 우리나라에서 몇 퍼센트 정도가 공부로 풀어먹고 살겠어."

엄마가 형을 키우는 동안 한 번도 입에 담지 않은 말이었다. 같은 사람이 맞을까 싶을 정도로 상반된 태도를 보였다. 나는 아무래도 상관없었다. 하고 싶은 대로 할 수 있는 이 어중간함이 좋았다. 이것도 경지라면 경지이다. 한결같이 앞서지도 처지지도 않는 페이스. 마라톤의 생명은 페이스 유지다. 어차피 인생은 오래달리기라고 했으니 일관성 있는 페이스가 맞을지도 모른다.

헌 옷가지처럼 걸쳐 있는 윤수 옆에 앉았다. 바람이 불었던가? 낮게 드리운 덩굴 때문에 바람이 없을 거라고 생각하다가 선뜻 불어온 탓인지 비로소 의식되었다. 저 멀리 시선 끝에 걸리는 능선이 다시 번쩍거렸다. 머리채를 흔들며 눈을 감았다. 정말로 헛것이 보이는 것일까.

2

점심시간에 도서관으로 향했다. 학교에서 제일 오래된 건물이다. 70여 년 전 마을 사람들이 돌을 쌓아 학교를 짓고 세월이 흘러 확장되자 도서관으로 만들었다. 돌담도서관. 바닷가 몽돌처럼 생긴 동글동글한 돌로 만든 건물은 이 학교에서 유일한 단층 건물이다. 그래서 편안하고 아늑한 느낌이 드는 곳이다. 여름이면 돌담에는 무성한 담쟁이넝쿨이 올라가고 가을 초입이 되면 발갛게 물들기 시작한다. 도서관에서 뒹굴뒹굴 책을 보다 수업 시간에 늦을 때가 종종 있다. 이야기에 빠져 책을 읽다 보면 잡다한 것들은 스윽스윽 지워지듯 사라진다. 오직 이야기와 이야기 속을 휘저으며 다니는 내가 있을 뿐이다. 서가 사이 구석에 있는 나를 발견한 사서 샘이 소스라치게 놀라며 수업 시작했다고 알려주는 소리를 듣고야 교실로 뛰어갈 때가 많았다.

"작가와의 만남 할 건데. 강우 네가 진행해 보면 어때?"

신발을 벗고 도서관으로 막 들어서는 나를 보고 사서 샘이 말했다. 나는 대답 없이 사서 샘을 멀뚱히 보았다. 이게 무슨 뜬금없는 제안인가 싶어서이다.

"네? 제가요?"

"응, 선생님이 도와줄 거고 우리 돌담도서관의 책벌레 두 명이 진행해 보는 거로 하려고."

"아이, 무슨 말씀이세요. 제 인생의 목표는 튀지 않는다, 예요."

"오호호호, 너 웃기다 애."

"그러니까 제 목표를 흔들지 마시고 자유롭게 놔둬 주세요, 쌤."

"그래? 그렇다면 할 수 없지. 이번에 모시는 작가님 책 전권 친필 사인 받아서 선물로 받는 게 진행자에게 주는 특혜인데. 음…… 그럼 누가 있지?"

사서 쌤은 명단을 뒤적거리며 다른 아이를 물색했다. 친필 사인과 전권이라는 말이 귀에 꽂혔다.

"누가 오는데요?"

"섭외 전화부터 너희들이 하는 거로 했음 해서, 그 작가님을 모실 수 있는지는 아직 모르겠어."

"그러니까요, 후보 작가님이 누군데요?"

"우리 도서관 대출 1위, 만나고 싶은 작가 설문조사했을 때 너희들이 1위로 뽑았던 작가님이 1번."

내 귀는 아까보다 더 크게 열렸다.

"제, 제가 해요. 그 작가님 쓰신 책 전권을 주시고 사인 받을 수 있는 거 확실하죠?"

"그으럼."

"제가 해요. 제가 한다니까요!"

도서부원 명단을 손에서 놓지 않는 사서 샘의 손을 지그시 누르며 말했다.

"오호호호."

사서 샘은 자신의 작전이 들어맞아서 좋아하는 건지 나의 성급함을 즐기는 건지 모를 웃음소리를 냈다.

윤수처럼 책을 읽지 않는 애들도 책이 재미있구나, 하는 생각이 들게 해 준 작가이다. 중학교 때부터 그 분 책을 읽고 신간이 나올 때마다 도서 신청에 책 제목을 또박또박 써 넣으며 수서 요청을 했던 작가님이다. 그러잖아도 사인본 한 권이라도 소장하고 싶었는데, 전권이라니. 목구멍에서 저절로 룰루랄라가 흘러나오는 것 같았다.

그 작가의 책을 모두 뽑았다. 지금까지 나온 책이 여섯 권인데 예전에 읽은 것이지만 진행과 참가자들에게 질문을 유도하려면 다시 한 번 읽어 봐야 될 것 같아서였다.

빨갛게 상기되어 돌담을 막 기어오르는 담쟁이 잎이 바람에 흔들렸다. 파도치듯 돌담도서관 벽면이 넘실거렸다. 돌담도서관의 생김새와 역사는 사서 샘의 은근한 자부심이다. 자기는 정말 행운아라고 말하곤 했다. 이렇게 예쁜 도서관에 신발을 신고 들어오면 되겠느냐며 바닥을 리모델링한 뒤 실내화를 벗고 들어오는 불편함을 안겨 준 곳이기도 했지만, 방 안처럼 편안해서 뒹굴며 책을 보기에는 더없이 좋았다. 아이들은 제집처럼 어디서든 몸을 걸치고 책을 보았다.

창가 아래서 책을 펼쳐 들었다. 달달한 바람이 문턱 넘어 불어올 때였다. 책 속의 문장들이 번쩍 빛을 발하는가 싶더니 키워드만 돋을새김처럼 떠오르는 것이다. 마치 박물관 특별전시관에서 보았던 청사초롱을 든 소년의 움직임에 따라 사물이 빛을 받아 생기를 일으키는 것처럼 글자마다 빛이 번쩍거렸다. 박물관 앞산 능선에서 보았던 빛이 특정 낱말에서도 뿜어져 나와 그 낱말에 눈이 가지 않을 수 없었다. 책을 많이 읽으면 자동으로 속독이 된다던데, 그런데 속독이라는 게 특정 글자가 크게 보인다거나 빛이 난다는 얘기는 들어 보지 못했다. 뭐지?

나는 책을 덮고 눈을 감았다. 바람은 계속 내 코끝을 스치고 지나갔다. 아주 쾌적하고 달달한 바람이다. 눈앞이 휘청 어지러워 머리를 창턱에 기댔다.

"이강우, 작가님께 전화 한번 드려 보자, 우리 학교에 모실 수 있는지."

눈을 떴을 때 사서 샘 옆에는 옆 반 재수탱이 이현이 서 있었다. 나는 무릎에 쌓아 놓았던 책을 떨어트리며 일어났다.

"현이 알지?"

사서 샘이 현이를 바라본 뒤 물었다. 현이는 새침한 표정으로 나를 보는 건지 책을 보는 건지 창문 너머 담쟁이 잎을 보는 건지 애매하게 시선 처리를 했다.

"네, 옆 반요."

현이와는 옆 반의 인연을 뛰어넘어 초등 때부터 질기디질긴 인연을 갖고 있다. 현이 엄마와 우리 엄마는 학교 자모회에서 만난 절친이다. 내 성적이 현이보다 한없이 처지자 엄마는 현이 엄마와도 잘 만나지 않는 눈치였다. 은근 현이와 경쟁을 붙이던 엄마는 중학생이 되자 포기한 듯 현이 엄마와 멀어졌다. 그간 현이와 나를 비교할 때마다 현이가 없어졌으면 싶었다. 제발 내 눈앞에서 사라지길 바랐지만 현이와는 초, 중, 고 줄곧 한 학교를 다니게 되었다. 이런 거 저런 거를 떠나 내가 현이를 싫어하게 된 결정적 계기는 초등 2학년 여름에 일어났다. 때 이른 더위로 거의 멘붕이 될 지경이었는데 학교에서는 냉방기 사용 기간이 아니라며 찜통 교실을 만들었다. 현이는 초록색 해바라기 그림이 한가득 그려진 까만색 민소매에 짧은 치마를 입고 레이스가 달린 흰 양말을 신고 있었다. 그때만 해도 현이와 나는 경쟁을 떠나 무척 죽이 잘 맞는 친구였다. 최소한 내가 이 말을 하기 전에는 말이다.

"현아, 네 찌찌 보인다."

현이는 가슴을 움츠리듯 제 옷 앞섶을 구기며 쓸어안은 뒤 내 따귀를 때렸다. 현이는 울며 집으로 가 버린 뒤 옷을 갈아입고 나타났다. 그 사이 현이가 사라졌다고 얼마나 수선을 피웠는지 나는 또 얼마나 쫄았던가. 방과 후에 현이 엄마와 우리 엄마가 학교를 찾아오고 둘은 그 후로 절친이 되다시피 했다. 나는 이후 현이와는 눈도 마주치기 싫어했다. 나한테는 이래저래 재수탱이 없는 아이였다.

"이번에 작가 초청 북콘서트 같이 진행할 이현."

왜? 하필? 나는 책을 꽂으며 말했다.

"왜, 왜 쟤예요? 제가 안 할래요."

"이게 무슨 비매너? 우리 학교에서 도서 대출 1, 2위, 그러니까 도서관 문턱이 닳도록 들락거리는 두 사람이라 선생님이 나름 생각해서 만들어 본 건데?"

그래, 가끔씩 도서관에서 본 기억이 있다. 내 눈을 씻고 싶을 정도로 두 번 다시 보고 싶지 않은 아이였다. 이현은 완전 생까는 얼굴로 나를 모르는 척했다.

"이건 아닌 거 같아요. 작가 초청 프로그램 망치고 싶지 않으면 저를 바꾸시든가 얘를 바꾸시든가요."

나는 턱으로 이현을 가리키며 말했다.

"야, 너 은근 뒤끝 길다."

이현의 새된 목소리가 서가 사이를 울렸다. 싸가지 없는 건 나이를 먹어도 똑같다.

이현을 밀친 뒤 도서관을 나왔다.

나중에 사서 샘에게 설득과 같은 말로 들은 거지만 사실 이현이 먼저 나와 진행을 해 보겠다고 했단다. 도무지 저의를 모르겠다는 생각이 들었다. 따귀를 맞은 후 현이 옆에 반경 몇 미터 이상가 본 적이 없다. 그런데 왜? 무엇 때문에? 정말 납득할 수 없는 일이었다. 며칠 뒤 이유나 들어 보자는 심사가 들어 사서 샘에게 해 보겠다고 했지만 영 찜찜했다.

요즘 들어 왜 이렇게 납득할 수 없는 일이 일어나는지 모르겠다. 지난 번 박물관에서 움직이는 그림을 본 후인 것 같다. 움직이는 그림부터 책을 보면 나타나는 돈을새김 현상 등, 내가 서서히 미쳐 가는 건 아닌가 하는 생각이 들었다.

9월 모의고사 보는 날이다. 1교시 언어영역 시간. 시험지를 받아들 때 창문으로 소슬한 바람이 불었다. 시험지가 펄럭였던가. 시험지를 받아들고 문학 부문 문제를 풀 때였다. 지문 속의 키워드만 골라 글꼴이 달라지기 시작했다. 머리채를 흔들며 다시 보아도 바뀐 글자 폰트는 달라지지 않았다.

한 번 입력된 글자는 뇌리에서 지워지지 않았다. 문제를 풀 때 눈에 들어왔던 키워드가 딱딱 떠올라 문제가 술술 풀렸다. 보통 때 절대로 적립되지 않던 비문학 지문도 글꼴과 크기가 다른 키워드가 떠올라 쉽게 풀렸다. 답이 맞는지 틀리는지는 모르겠지만 오지선다형 중에 어떤 것이 가장 근접할지가 이렇게 쉽게 결정되는 것도 오랜만에 맛보는 일이었다.

문제는 모의고사가 끝나고 며칠 후 생겼다. 월등히 오른 내 모의고사 성적 때문이었다. 단박에 나는 상위권으로 뛰어올랐다.

"것 봐, 포기하지 말라고 했잖아. 내가 널 알아봤다니깐. 네 형을 보면 알지."

담임은 내 모의고사 성적표를 들여다보며 흐뭇한 미소를 지었다.

'나를 포기하지 않은 건 형을 보고서라니.'

형이라는 말에 내 얼굴이 굳어졌다. 형만 생각하면 가슴이 갑갑해진다. 형은 언제까지 저렇게 방 안에서 똬리를 틀고 나오지 않으려는지 알 수가 없다.

"봐, 하면 된다고 했잖아."

나는 전보다 더 노력한 게 없다. 그것 하나만은 확실했다. 뭘 했다는 얘기인지 모르겠다. 성적표를 보고도 믿기지 않았다. 이건 내가 의도한 게 아니다. 나는 튀는 걸 정말 싫어한다. 내 능력 이상으로 나를 과도하게 평가하는 것도 싫고 그 이상을 끌어올리기 위해 누군가 갖은 말로 설득하려는 것도 싫다. 나는 오로지 자유롭고 싶을 뿐이다. 나한테 거는 기대나 희망, 그런 것도 구속이라는 걸 형을 통해 충분히 학습된 상태였다. 형은 지금 자기 의지를 상실한 박제된 짐승 같았다.

지나가는 선생들마다 내 머리를 쓰다듬거나 어깨를 치며 오, 하는 감탄사를 흘렸다. 이건 내가 의도한 상황이 아니었다. 관심, 주목 그런 거로부터 멀찍이 있고 싶었는데 한 번의 모의고사는 나를 무명에서 벗어나게 만들었다.

"짜식, 책 많이 읽더니. 실력이 나오나 보다."

모든 반응에 심드렁한 나를 보며 담임은

"겸손까지 있냐?"

하고 빙그레 웃으며 흡족한 눈빛을 거두지 않았다.

교실에 들어서자 아이들이 일제히 오~~~~ 하는 반응을 보였는데 반에서 1등을 놓치지 않던 녀석만은 고개를 수그린 채 조용했다. 형을 보는 것 같아 속이 편치 않았다.

곰곰이 생각해 보았다. 이건 내가 바라는 상황은 아니다. 아무 노력도 없는 대가이기도 하지만 관심을 받는 게 남의 옷을 걸친 듯 불편했다. 아무래도 빛 때문인 것 같다. 글자의 크기가 달라지고 키워드가 도드라지는 현상 때문에 벌어진 일이다. 댕기 머리 소년이 청사초롱을 들고 마치 글자마다 빛을 비춰 주고 나는 그것에 따라 답을 고르고. 빛만 있었던가? 그림이 움직인다거나 글자가 커지는 현상이 일어났을 때의 공통점을 떠올려 보았다.

도무지 생각이 모아지지 않았다.

3

도서관으로 향했다. 지난번 초청 작가의 책을 읽기 위해 펼쳐 들었을 때도 같은 현상이 있었다. 서가로 들어가 같은 책을 펼쳤다. 지난번과 같은 현상이 일어났다. 그 페이지의 핵심 단어가 부각되는 현상은 여전했다. 머리채를 세게 흔든 뒤 다시 책을 펼쳐 들었다.

"현이랑 진행용 원고를 좀 써야 하지 않을까?"

사서 샘이 내 손에 들린 초청 작가의 책을 보고 빙그레 웃으며 말했다.

"네, 그래야죠. 한 번 더 책을 읽고 하려는 중이에요."

사서 샘이 내 눈 상태를 눈치채면 어쩌나 하는 조바심이 들어 눈을 마주치지 않고 말했다.

"현이가 먼저 써 본 거라며 초안 가져온 게 있는데, 한번 볼래?"

제법이다. 아주 자연스러운 말투는 둘째 치고 작품과 작가에 대한 생각을 드러내지 않으면서도 나름 날카로움을 지닌 멘트가 많았다. 내가 할 일은 그다지 없을 듯했다.

"좋은데요, 이대로 해도 되지 않을까 싶은데요."

현이의 원고를 대충 훑어본 뒤 다시 건네며 말했다.

"너무 성의 없는 거 아니야? 마음을 좀 실어 줘야 하지 않을까?"

"아, 진짜 좋아서 그러는 건데요? 이현 원고요."

"그럼, 섭외 전화 다시 하는 건 네가 하는 거로. 적정하게 역할 분담을 하면 될 거 같다."

지난번, 작가님께 전화했을 때 통화가 되지 않았다. 그때 얼마나 긴장하며 전화를 걸었는지, 손가락에 쥐가 날 정도였다. 전화를 드리는 것보다 메일을 드리는 게 더 정중할 거 같아서 메일을 넣어 놓은 상태였다.

"메일로 의뢰 드렸어요."

"어머, 진짜? 근데 답장은 보내 주셨어?"

"확인은 아직요, 모의고사 기간이었잖아요."

사서 샘은 도서관 컴으로 확인하자며 호들갑을 떨었다.

우리 학교에서 모실 수 있는 날짜는 9월 모의고사 후, 10월 중간고사 전이나 12월 기말고사가 끝나고서이다. 먼저 잡힌 일정이 많아 12월에나 가능하다는 회신이 와 있었다. 사서 샘은 환호성을 지르며 내 등짝을 북 두드리듯 두들겼다.

작가님의 메일 아래 먼저 와 있는 편지가 보였다. 이현이 보낸 거였다. 나는 사서 샘이 볼세라 얼른 메일함을 닫아 버렸다. 작가님의 회신 메일보다 나를 더 긴장시킨 건 이현의 편지였다.

집에 오자마자 메일함부터 뒤졌다. 작가 초청 진행 원고를 먼저 써 보았으니 읽어 보라는 말 아래 뜻밖에도 형에 대한 얘기가 있었다. 입학하자마자 본 3월 모의고사에서 전국 7등, 전교 1등을 했던 형의 여자 친구 얘기이기도 했다. 5월 중간고사에서 내신 1등은 당연한 거라고 기대하던 것에 미치지 못하자 죽어 버린 이현의 성당 언니가 형의 여자 친구라고 했다. 그 죽음이 형과 어떤 연관이 있는 것일까. 형이 방문을 걸어 잠그고 칩거한 이유라도 되는 것일까. 눈앞이 핑 돌았다. 형이 극단적 선택을 하지 않고 견디고 있는 것이 그나마 다행이라고 생각해야 할까?

현이가 왜 이제야 이런 얘기를 하는 것일까.

엄마가 간식을 가지고 들어왔다. 황급히 메일함을 닫았다.

"학교서 연락 받았어. 모의고사 성적. 영어나 수학 학원을 더 다녀 보는 건 어떠니?"

나는 대답하지 않고 화면의 팝업 창을 바라보았다.

"충분히 희망이 있다던데?"

"모의고사 성적 잘 나온 거랑 희망이랑 무슨 상관이 있어? 성적이 안 나오면 희망도 없는 사람이야?"

엄마는 간식 접시를 소리 나지 않게 내려놓고 방을 나갔다. 모의고사 성적 하나로 학교든 집에서든 관리하려고 드는 게 좀 웃겼다. 그동안 아무 관심도 없다가 태도를 달리하는 게 불쾌했다. 성적이 곧 존재였단 말인가. 성적이 좋지 않으면 존재감도 없는 투명인간 취급을 하면서 말이다. 엄마는 형이 방에 틀어박힌 이후 나에게도 죄인처럼 굴었다.

엄마만은 알고 있을지도 모르겠다. 형의 친구 관계까지 다 간섭했으니까. 설마 엄마의 개입이 있었던 건 아니겠지?

형은 지금 엄마를 미워하지 않으려고 애쓰는 중이라고 했다.

다시 메일함을 열었다.

현이는 형의 은둔 소식을 얼마 전에 알았고 충격이었다고 했다. 현이는 마지막 문장에 그렇게 썼다. 두렵다고, 그런 죽음을 두 번 다시 보고 싶지 않다고.

내 모의고사 성적을 보며 성당 언니의 죽음이 떠올라 전에 주고받았던 메일함을 뒤져 보게 되었다고 했다. 언니는 남자 친구를 이니셜로 표기했는데 형의 이름과 같다는 것을 알게 되었다고 했다. 형의 은둔 이유이지 않을까, 헤아려 봤다는 내용이었다. 어쩌면 만에 하나 같은 사람이 아닐 수도 있다는 말을 덧붙이며 조심스럽게 편지를 보낸다고 했다.

나는 이현이 무슨 말을 하는 건지 모르겠다. 내 모의고사 성적 때문이라니.

벌써 중간고사 기간이었다. 나는 중간고사가 끝나면 원래대로 돌아간 내 성적 때문에 내 주변이 상처받지 않기 바라는 마음이 컸다. 내 모의고사 성적 때문에 부풀어 버린 담임 하며 슬슬 형에게 했던 프로젝트를 나에게 적용해 보려는 엄마의 의욕을 보았기 때문에 부담스러웠다. 책을 볼 때마다 글꼴이 달라 보이거나 도드라져 보이는 현상은 규칙적이지 않게 일어났다. 주로 어떤 때 일어나는지 되새겨 보았다. 어떤 때는 칠판의 글씨도 빛이 나고 커지기도 했다. 핵심 단어가 될 만한 것들은 앞다투어 움직이며 내 뇌리에 무언가를 심어 주고자 하는 의도가 다분해 보였다.

빛? 날씨? 계절? 음식?

도대체 무엇이 작용하는 것일까.

분명히 공통점이 있을 것이다.

박물관 기획전시실을 떠올려 보았다. 빛이 있었고, 그래 바람, 바람이 있었다. 박물관 앞산을 볼 때도 바람이 불었다. 도서관에서 책을 볼 때도 창문 넘어 불어오는 바람이 있었고 모의고사를 볼 때도 내내 창문을 통해 선선한 바람이 있었다. 그렇다면 바람과 글자 크기가 커지거나 글꼴이 달라지는 건 무슨 관련이 있는 것일까.

검색창에 막연히 '바람'과 '글자'로 키워드를 넣어 봤다. 시 한 편이 검색되었고 거기에서 '타르초'라는 단어가 검색되었다. 티베트 불교 사원 앞에 만국기처럼 펄럭이는 깃발을 말한다. 깃발에 불교 경전을 쓴 뒤 사원 마당에 여러 갈래의 줄을 매어 걸어 놓는 것이다. 불경이 바람을 타고 멀리 있는 중생들에게 전해지길 바라는 의미라고 한다. 그 깃발을 쓰다듬고 지나간 바람이 경전의 말씀을 실어 나를 거라는 기원이 담긴 것이다. 더군다나 글자를 모르는 고원의 오지 사람들에게 타르초는 말씀에 다가갈 수 있는 유일한 방법인지도 모른다. 바람을 타고 세상 구석구석에 말씀을 전하고자 하는 희원. 그것이 사원 앞의 타르초나 초원의 '룽다'라는 깃발로 표현된다고 한다.

중간고사 시험지에도 영락없이 돈을새김 현상이 일어났다. 번쩍번쩍 빛을 발하며 키워드가 살아나고 문제 속의 핵심 단어와 맥을 같이 하도록 연결되었다. 바람 속에 그런 힘이 들어 있는 것일까. 바람의 힘을 빌어 경전의 말씀을 실어 나르듯 어떤 기원이 지금 나에게서 발현되는 것일까? 왜 나일까? 나는 그런 간절함 같은 것을 품어 본 적이 없다. 내가 바란 건 오직 바람과 같은 자유로움뿐이다. 주변의 관심이 나에게 쏠릴수록 더욱 확고해졌다. 자유롭게 사는 것이 생명으로서 타고난 숙명이라는 것을. 그걸 통제하고 가로막을수록 인간은 생명답지 않게 인간답지 않게 살아 갈 것이라는 생각이 들었다. 데이빗 소로우가 월든 호수가에서 한 마리 곰처럼 오두막집을 짓고 살 듯, 그렇게 생명으로서 자연스럽게 사는 것, 그것이 진정한 삶이라는 생각이 들었다.

왜 하필이면 나에게 이런 일이 벌어지는 것일까. 바라지 않아도 저절로 생기는 능력이 인간에게 있단 말인가.

선생님들은 시험 시간 내내 유난히 내게 신경 썼다. 지난 번 모의고사 때 혹시 부정행위한 것은 아니냐는 말도 돈 모양이다. 입장을 바꿔 놓고 생각해 봐도 충분히 가능한 상상이다. 중간 정도를 왔다 갔다 하는 애매한 성적이 단번에 전교 상위권, 그것도 반에서 1등을 하는 것은 거의 기적에 가까운 일이다. 고등학교에 입학하면 누구나 기 쓰고 하기 때문에 내신 등급을 올리는 건 그야말로 맨손으로 히말라야를 오르는 것과 같다. 내 반응이 심드렁

했던 것도 한몫했던 모양이다. 제 노력으로 된 게 아니기 때문에 그럴 거라는 나름의 논리적 근거로 내 모의고사 성적을 의심했다는 것이다.

중간고사 기간 내내 감독관들의 독수리 같은 눈초리를 받았다.

시험이 끝난 뒤, 작가 초청 북콘서트의 세부 프로그램을 짜기 위해 도서관에서 현이와 만났다. 메일을 받은 이후 처음 보는 것이다. 북콘서트이니 노래도 준비하고 퀴즈 시간도 마련하기로 했다. 제반 선물이나 다과 등 물질적 지원은 모두 도서관 예산에서 충당하기로 했다.

"근데, 왜 지금 그걸 알려주는 건데?"

나는 앞뒤 자르고 현이에게 단도직입으로 물었다.

현이가 고개를 들어 눈을 씀벅이며 나를 바라보았다.

"무슨 말이야?"

"형 얘기."

현이는 시선을 피해 하던 일을 마무리하려는 듯 다시 책상 위로 고개를 떨궜다.

"너, 때문에."

"뭐?"

전혀 예상치 않은 곳을 가격 당한 기분이었다.

"네 모의고사 성적 때문에."

"그게 뭐?"

"두렵다고 했잖아. 그 선배 언니처럼 될까 봐, 그리고 네 형도."

현이는 형 얘기를 꺼내다 말꼬리를 자르며 자리에서 일어섰다. 마침 사서 샘이 들어오는 바람에 말을 더 이을 수 없었다.

중간고사 성적이 나왔다. 담임은 거 보라는 듯이 매우 흡족한 얼굴이었고 의심의 눈초리를 거두지 않던 샘들도 지난번 모의고사 성적까지 인정한다는 분위기였다.

엄마의 눈빛이 그 즈음 살아나기 시작했다. 형을 대신할 관심의 타깃을 새로 설정한 듯, 나를 대하는 태도가 달랐다. 좀 어색했다. 처음엔 엄마의 그런 관심이 나쁘지 않았다. 버린 카드는 아니었구나, 하는 생각이 들었지만 형처럼 사육당하는 건 거절하고 싶었다.

기말고사 기간이 다가왔다. 정작 나는 아무 생각도 없는데 주변에서 난리였다.

"너무 부담 갖지 마. 대신 잘 나오면 최고 대학도 꿈꿀 수 있겠어."

이건 담임의 말이다.

"이번에도 보여 줄 거지? 짜식 기대한다."

이건 학년부장의 말이다.

"계속 유지하려면 학원이라도 다녀야 하지 않겠니? 뭐 필요한 것 있으면 얘기해. 얼마든지 해 줄 게."

이건 엄마의 말이다. 조금은 자신 없는 듯한, 조금은 겁을 집어먹은 듯한 목소리였다.

나는 대답을 안 하는 것으로 일관했다. 그간 일어난 현상을 얘기해 봤자 믿지도 않을 것이며 제 형에 이어 동생도 맛이 간 모양이라고 할 게 뻔했다.

국어가 첫 시간이다. 올 들어 최고로 추운 날이라고 했다. 창문은 닫혀 있고 바람은 불지 않을 것이다. 정말 바람과 관계가 있는 거라면 시험지 위에 글자가 도드라지거나 커지거나 폰트가 달라지는 현상은 없어야 한다.

시험지를 받아 들고 지문도 읽기 전에 여기저기서 지난 번 속도와는 다르게 단어와 구절이 커지거나 빛을 내며 글꼴이 달라졌다. 그것을 조합하여 읽을 때까지 글자는 계속 움직였다. 마치 어떤 순서를 암시하는 것처럼 앞다투어 번쩍거렸다. 돋을새김처럼 위로 뜨는 것을 붙여서 읽어 보려다 눈을 질끈 감았다. 속이 울렁거렸다. 눈꺼풀이 쉴 새 없이 떨렸다.

누군가 내 귀에 대고 속삭였다. 뜨거운 입김이 느껴질 정도였다.

"지금 뭐 하는 거니?"

필기구를 놓고 자리를 박차고 일어섰다. 의자 끄는 소리가 무척 컸다. 아이들의 시선이 일제히 쏠렸고 선생님이 저지하는 소리가 들렸다.

"얌마, 뭐야? 왜? 화장실 가려고? 시험 시작했으니 안 돼."

나는 감독관의 목소리를 뒤로 하고 뒷문을 급하게 열었다. 토할 것 같았다. 복도는 괴괴할 정도로 고요했다.

옥상으로 올라가는 계단 앞에 섰다. 그때 마침 감독관 샘이 소리치며 따라나섰다.

"야, 뭐야? 너 어디 가는데?"

뒤이어 여러 개의 발자국 소리가 다급하게 달려왔다.

나는 모든 소리로부터 도망치듯 입을 틀어막은 채 허둥지둥 옥상으로 향했다.

옥상 문을 열자, 하얀 시멘트 바닥에 햇살이 빗살처럼 퍼지며 날아왔다. 차가운 공기가 이마에 닿자 속이 가라앉는 듯했다.

바람이 거셌다. 칼날 같은 바람이 볼을 때렸다. 옥상 난간 앞에 섰다. 속이 탁 트였다. 워낙 고지대인 학교는 산 아래 마을과 산 너머 아이들을 가르치기 위해 산 중턱에 지었다고 했다. 그 옛날 마을 사람들이 쌀을 추렴하고 강가의 돌을 주워 교실을 지었다. 그저 까막눈만 면하는 것이 목적이었다고 했다.

"강우야, 왜 그래? 부담 갖지 말랬잖아! 거기 서, 안 서."

이건 담임의 목소리다.

"왜 그래 이 자식아, 그게 그렇게 부담스러우면 시험 대충 보면 되잖아. 너 같이 배부른 새끼는 뭘 해도 달라. 더 욕먹기 전에 돌아와."

이건 윤수의 목소리다.

"야, 이강우! 너 나한테 사과 안 했어. 난 그날 이후 민소매 셔츠를 입어 본 적이 없어. 너 세상에 얼마나 예쁜 민소매 티셔츠가 많은데, 네가 그걸 내 세계에서 없애 버렸어. 알아? 나는 그날 네가 나한테 사과할 줄 알았어. 아니 기다렸어. 그리고 작가 초청 북콘은 어쩌려고? 나 혼자 하라고? 나쁜 새끼, 그때나 지금이나 저만 아는 건 똑같아."

이건 이현의 목소리다. 뭘 사과하라는 거지? 내가 사과해야 하는 거였나? 따귀를 올려붙인 사람이 사과해야 하는 것 아닌가.

곧 이어 이현이 소리치며 우는 소리가 들렸다.

"이건 아니야, 이건 아니라고오오!"

그런데 다들 왜 이렇게 오버하고 난리인지 모르겠다. 무슨 상상을 하는 건지 알 수가 없다. 내가 뛰어내려 죽어 버릴 것 같은가 보지? 착각하지 마라, 나는 절대 그렇게 독한 놈이 못 된다.

그냥 나는 그간 일어났던 일이 내 것이 아니라는 생각이 들었을 뿐이다. 요 몇 달간 남의 옷을 훔쳐 입은 것처럼 불편했다. 나는 편안하게 내 옷을 입고 싶을 뿐이다. 나를 옥죄는 것들로부터 놓여나고 싶다. 그러기 위해 옥상으로 올라와 바람을 쐬고 있는 것이다. 나로 돌아가기 위해. 그러기 위해 멈춰야 한다는 생각에 시험지를 내박치고 나온 것이다.

500년 전에 불었던 야시장의 밤바람이 잠깐 나에게 당도한 건지도 모른다. 바람은 시공간의 경계를 허물며 달려와 잠시 내게 머물렀을 것이다. 밤바람 속에 댕기 머리를 휘날리며 서책 심부름을 하던 소년의 간절한 기원이 나에게 당도한 것일지 모른다. 까막눈을 면하고 싶던 누군가의 간절한 소원이 나에게 도착한 것일 수도 있다.

어떤 이의 간절한 기원이 티베트 고원을 넘어 바람을 타고 나에게 닿아 글자 크기가 달라지고 빛이 난 것일 수도 있다.

바람은 나에게 물었다.

"너, 거기서 뭐 하는 거니?"

나는 그것에 답하기 위해 박차고 나왔을 뿐이다.

바람은 잠깐 머물다 갈 것이다.

2011년 가을과 겨울 사이, 차갑고 습하고 흐렸던 늦은 오후를 기억한다.

그날 저녁, 한 통의 전화(제1회 자음과모음 청소년문학상 당선 소식)는 내 삶과 글쓰기의 전환점을 만들어 주었다.

고맙다.

그 후 자음과모음 청소년문학과 한 식구가 되어 작품을 쓰고 발표하였다.

70권째라니,

축하한다.

70권 기념소설집에 함께 작업하게 되어

더없이 기쁘다.

「바람의 독서법」은 책을 볼 때 일어난 현상을 재미있는 상상으로 확장시킨 글이다.

책을 읽다 보면 어느 순간 특정 활자가 커지는 느낌을 받곤 하는데, 눈이 점점 나빠지는 증상이려니 생각하다 주요 활자가 커지는 현상이 누군가에게 실제 일어난다면 정보를 받아들이고 축적하는 것이 훨씬 효율적이 될 것이고 학창 시절 숙원이었던 '공부 잘하는 아이'가 되지 않을까 싶었다.

그렇게 생각이 이어지다 주체가 적극적으로 개입하지 않은 일이 결과로 돌아올 때, 사람이 부대끼는 지점이 무엇인가에 대한 이야기를 해 보고 싶었다.

자음과모음, 함께하는 동안 행복했다.

그러면 되었다.

자음과모음 청소년문학,

앞으로도

쭈욱

잘나가길 기대하고 바라고 빈다.

유 영 민

약속

유 영 민

지금껏 어둡고 칙칙한 분위기의 글을 써 온 탓에, 자음과모음 청소년문학상을 받았다는 소식을 전해 들은 지인들이 충격과 놀라움을 금치 못하며 우리나라 청소년문학계의 앞날에 대한 개탄과 우려를 표명했다고 한다. 아무려나, 본인은 큰 상을 받은 이상 앞으로 청소년문학의 길을 뚜벅뚜벅 걸어 보려고 한다. 트와이스와 폴 오스터, 불닭볶음면, 편의점 파라솔 아래 앉아 마시는 캔 맥주를 좋아하고 일절 SNS를 하지 않는 히키코모리 같은 성격을 갖고 있다. 언젠가 인공지능이 인류를 멸망시킬 거라고 굳게 믿고 있다.

서울에서 태어나 서울예대 문예창작학과를 졸업했다. 『오즈의 의류수거함』으로 2013년 제3회 자음과모음 청소년문학상을 수상하며 작품 활동을 시작했고 이어 『헬로 바바리맨』을 발표했다.

승미와 우리 집 주소는 같다. 동 이름도 같고 '산 2번지'라는 번지수도 같다. 승미와 우리 집뿐 아니라 동네 전체가 같은 주소로 뭉뚱그려져 불린다.

"말해 봐. 왜 너희들 주소가 같지?"

담임 선생님은 왜 자꾸 질문을 반복하는 걸까. 나는 주소가 같은 이유는 모르지만 대답할 수 없는 것에 대해 자꾸만 묻는 것이 어른답지 않은 행동이라는 사실은 알고 있다. 내 옆에서 자기 신발코만 내려다보는 승미를 대신해 나는 대답한다.

"모르겠는데요."

담임 선생님은 손톱에 빨간색 매니큐어를 칠한 손가락으로 서류철을 한 장 넘긴다.

"왜 몰라? 혹시 너희들 아래층, 위층으로 사는 거니?"

담임 선생님과 책꽂이를 사이에 두고 맞은편에 앉아 있는 선생님이 불쑥 고개를 쳐든다. 작년에 우리 반 담임이었던 할아버지 선생님이다.

"김 선생님, 무슨 일이지요?"

"글쎄, 이 얘들 집 주소가 같지 뭐예요."

할아버지 선생님은 작년에 자기가 맡았던 학생인데도 불구하고 얼굴이 익긴 한데 쟤가 누구더라, 하는 표정으로 나를 건너다본다.

"아아, 너구나."

눈살을 찌푸리고 한참 동안 나를 보던 할아버지 선생님의 입가에 미소가 걸린다.

"김 선생님이 이번에 처음 오셔서 잘 모르시나 본데……"

할아버지 선생님은 담임 선생님을 교무실 뒤쪽으로 데려가 속닥속닥 귓속말을 한다. 이상하게 내 귀가 간지럽다. 얘기를 다 들은 담임 선생님은 빠른 걸음으로 나와 승미에게로 다가온다. 또각또각, 구두가 바닥을 찍는 소리가 크게 울린다.

"선생님은 학생들 집이 어딘지 정확히 알아야 하는 의무가 있어. 비상시에 너희를 집까지 데려다줘야 할지도 모르잖아?"

그렇게까지 할 필요가 없는데도, 선생님은 장황한 설명을 한다. 선생님들은 가난한 집 아이들은 멍청하다고 생각하는 경향이 있는 것 같다. 승미처럼 진짜 멍청이가 있는 반면, 나처럼 정말 똑똑한 아이도 있는데 말이다. 어쩌면 자세히 보지 않으니까 그럴지도 모르겠다. 하긴 선생님들이 눈여겨보는 아이들은 따로 있으니까…….

"나중에 선생님이랑 따로 면담하기로 하고 오늘은 그만 집에 가거라."

나는 말없이 고개를 숙여 인사를 한 다음 잔뜩 주눅이 들어 있는 승미의 손을 잡아끌고 출입문으로 향한다.

운동장으로 나오자 오후 햇살이 머리에 따갑게 쏟아져 내린다. 그 햇살 속에서 이번 주 청소 담당인 4분단 아이들이 교문으로 가는 모습이 보인다. 나와 승미는 아이들이 지나간 자리를 따라 타박타박 걸어간다. 앞에서 주위를 두리번거리던 아이들이 우리를 발견한다.

"어, 저기 돼지 간다!"

승미의 얼굴이 딱딱하게 굳어진다. 어느 반에도 한둘씩은 놀림감이 되는 아이가 있기 마련이다. 몸이 너무 뚱뚱하거나 너무 마른 아이. 집이 너무 부자이거나 너무 가난한 아이. 혹은 몸을 잘 씻지 않아 냄새가 나는 아이. 아이들은 꿈틀이 젤리에 들어 있는 왕꿈틀이를 골라내듯, 마냥 '놀려도 되는 아이'를 찾아낸다.

승미는 뚱뚱해서 1학년 때부터 줄곧 별명이 돼지다. 뚱뚱하다고 무조건 돼지라고 부르다니. 창의성도 너무 없다. 그런데 뚱뚱하면 다 놀림감이 되느냐, 하면 그렇지도 않다. 2학년 때 우리 반

반장이었던 선혜는 승미보다 훨씬 뚱뚱한데도 놀림을 당하지 않았다. 적어도 그 앞에서 놀리는 경우는 없었다.

"옆에 짜장도 있네."

짜장. 피부가 까무잡잡하다고 해서 1학년 때부터 나에게 따라다니는 별명. 역시 피부가 까만 아이는 나뿐이 아닌데도 아이들은 나만 놀린다. 하지만 뭐, 내가 '놀려도 되는 아이'인 것에 불만은 없다. 내 얼굴이 까만 것은 사실이니까. 그리고 그걸 덮을 만한 다른 어떤 것을 가지지도 못했으니까. 간단히 말해, 집이 부자도 아니고 특별히 공부를 잘하지도 못한다는 거다. 지금 내게는 오직 이 시간이 빨리 지나갔으면 하는 바람뿐이다.

"야, 박승미! 너, 돼지콜레라에 걸렸지?"

아이들이 한꺼번에 웃음을 터트린다. 내 손에 잡힌 승미의 손에서 찐득한 땀이 배어난다. 승미는 반응을 보이면 더 심하게 놀린다는 사실을 알기 때문에 아이들이 제 풀에 지쳐 그만둘 때까지 귀머거리처럼 가만히 있는다. 때로는 바보가 되는 것이 가장 똑똑한 대응법이 되기도 한다는 걸 애는 알고 있는 거다. 그러고 보니 승미에게도 똑똑한 면이 있구나.

"수연이 보니까 갑자기 짜장면 먹고 싶다."

내 바람과는 다르게 도무지 놀림이 끝날 기미가 보이지 않는다. 그래도 나와 승미는 꾹 참고 기다린다. 어서 빨리 이 순간이 지나갔으면……. 그러나 기다리는 시간은 좀체 오지 않는다. 어쩌면 지금 나는, 기다리는 것이 영영 오지 않을 수도 있다는 것을 배우는 중인 걸까. 복직 소식을 기다리는 아빠처럼 말이다. 아, 또 눈이 아파 온다. 나는 손으로 두 눈을 비빈다. 눈이 쓰리다. 지진이 난 것처럼 세상이 아래위로 흔들린다. 요즘 들어 자주 눈이 아프다. 아무래도 눈병에 걸린 것 같다.

학교 앞 사거리에서 10분만 걸어가면 야산을 깎아 만든 우리 동네가 나온다. 솔직히 말하면 나는 이 동네가 너무 싫다. 지저분하고, 악취도 심하게 나고, 그리고 무엇보다 여기 사람들은 창피라는 걸 모르기 때문이다. 대부분의 집에 마당이 없기 때문에 사람들은 집 앞 비탈길에 나무 기둥을 세우고 줄을 달아 빨래를 널어놓는데, 어쩔 때는 팬티나 브래지어까지도 버젓이 걸어 둔다. 그 모습을 볼 때마다 얼마나 얼굴이 화끈거리는지 모른다. 엄마가 했던 말마따나 이런 동네는 하루 빨리 뜨는 게 상책이다.

동네 입구의 슈퍼마켓에 이르자 나와 승미는 누가 먼저랄 것 없이 주위를 두리번거린다. 행여나 다른 아이들이 우리가 산동네로 들어가는 모습을 볼까 봐 걱정이 되는 것이다. 아무도 없는 것을 확인한 승미는 그때껏 꽉 잡고 있던 내 손을 슬며시 놓는다. 잘가. 인사말을 하며 승미는 활짝 웃는다. 그러나 그 눈은 웃고 있지 않다. 오로지 입 끝만 끌어올려서 짓는 웃음. 그래, 내일 보자. 승미는 몸을 돌려 자기 집 쪽으로 종종걸음을 친다.

슈퍼마켓 앞에는 나무 궤짝이 하나 있다. 집배원 아저씨는 산 2번지로 오는 편지는 전부 이 궤짝에 넣는다. 우리 집 앞으로 편지가 있을까. 한참 동안 궤짝을 뒤진 끝에 나는 '김명숙'이라는 엄마 이름으로 온 편지 세 개를 찾는 데 성공한다. 모두 다 '보내는 사람' 부분에 빨간색 글씨로 '한빛 카드'라고 적혀 있다. 나는 가방을 열고 편지들을 조심스럽게 넣는다.

대문에 이르자 나는 잠시 멈춰 서서 숨을 가다듬는다. 하나님. 만약 엄마가 돌아와 있으면 앞으로 주일마다 교회에 꼬박꼬박 나갈게요. 헌금도 잘 내구요. 그러니까 제발 엄마가 돌아와 있게 해주세요. 기도를 마친 나는 긴장된 마음으로 녹슨 철 대문을 열고 마루 앞 댓돌을 살핀다. 아, 엄마 신발은 보이지 않는다. 엄마는 오지 않았다. 하나님은 오늘도 나를 실망시킨다.

방에 할머니가 차려 놓은 저녁 밥상이 있다. 엄마가 집을 나간 후부터 할머니가 매일 찾아온다. 할머니는 어쩌다 집에서 아빠와 마주치면 말하곤 한다. 혹시 집으로 돌아오면 아무 말 하지 마라. 누가 뭐래도 자식은 낳은 어미가 키워야 하는 거다. 내색은 하지 않지만 아빠도 나 못지않게 엄마를 기다린다는 것을 나는 안다. 며칠에 한 번씩 집으로 돌아오면 어디 전화 온 것 없냐는 질문부터 던지기 때문이다.

냉장고 옆 라면 상자에서 삑삑, 하는 소리가 들려온다. 상자로 다가간다. 그 속에는 갈색 털을 가진 새가 웅크리고 있다. 새는 아직 새끼다. 머리도 작고 날개도 작고 몸통도 작다. 나는 이 새를 며칠 전에 대문 앞에서 발견했다. 새를 보여 줬더니 할머니는 말했다. 새끼를 주운 곳 근처에서 울고 있는 새가 있을 거야. 그게 어미 새니 원래 있던 자리에 놓아주거라. 그러나 아무리 찾아도 어미 새는 보이지 않았다. 어미 새는 다른 곳에서 새끼를 잃어버린 줄 착각하는 모양이었다. 어미 새가 찾아올 때까지 내가 잘 보살필 계획이다.

공부하라고 잔소리하는 엄마가 없으므로 나는 눈치 보지 않고 마음껏 텔레비전을 보며 놀 수 있다. 하지만 지금껏 그날 분량의 공부를 안 하고 놀았던 적은 단 한 번도 없다. 책상으로 가서 학습지를 찾아 든다. 가방에서 필통을 꺼내다가 나는 깜짝 놀란다. 바지에 김칫국 자국이 있잖아! 세상에나, 자세히 보니 말라비틀어진 밥풀도 붙어 있다. 가슴이 뜨끔 한다. 이런 건 학교에서 놀림한 달감이다. 손톱으로 밥풀을 긁어낸다. 그러나 바지에 단단하게 눌러 붙어 있는 밥풀은 쉽게 떼어지지 않는다. 잔뜩 힘을 줘서 긁는데도 꿈쩍하지 않는다. 왜 이렇게 떨어지지 않는 거야! 나도 모르게 꽥 소리를 지른다. 방 안을 크게 울리는 내 목소리에 놀라 멍하게 있는다. 마음을 가라앉히고 다시 밥풀을 떼기 시작한다. 바지에 하얀 자국을 남기며 밥풀이 떨어진다. 나는 할머니가 이런 것까지 신경 써 줄 수 없다는 걸 알고 있다. 아빠가 공장에서 곧 복직시켜 주겠다는 조건으로 정리 해고를 당했을 때, 나는 더 이상 내가 좋아하는 치킨을 사 달라고 졸라서는 안 된다는 것을 알았다. 엄마가 집을 나갔을 때, 옷이 더러워도 꾹 참고 입어야 한다는 것을 알았다.

추위에 눈을 뜬다. 사방이 어둡다. 바닥에 엎드린 채 학습지를 풀다가 잠든 것이다. 배가 고프다. 밥상으로 다가가서 위에 덮인 신문을 걷는다. 콩나물국이 있고 김치와 콩자반, 감자볶음이 있다. 오늘은 운이 좋은 편이다. 지난 며칠 동안은 반찬이 김치와 김뿐이었다. 밥솥에서 밥을 퍼서 밥상에 놓는다. 78일째 혼자 먹는 저녁이다. 엄마가 있었다면 내가 밥을 먹는 동안 학교생활에 대해 이것저것 물어봤을 거다. 친구들 하고 잘 지내니. 선생님에게 혼나지는 않았니. 친구들은 무슨 학원에 다니니.

상자로 다가가 새 앞에 밥풀을 몇 개 내려놓는다. 그러나 새는 까만 눈을 빛내며 밥풀을 바라볼 뿐 도통 먹으려 하지 않는다. 나는 내가 반찬 투정을 부릴 때의 엄마 모습을 흉내 내 본다.

"먹기 싫으면 먹지 마! 안 먹으면 너만 손해지!"

냉장고에서 물을 꺼내 마시다가 밥상을 덮었던 신문에서 해리포터 책 광고를 발견한다. 신문에 얼굴을 바짝 들이대고 광고를 들여다본다. 연한 파스텔 톤 그림이 너무 예쁘다. 가위를 가져와서 그림을 오리기 시작한다. 한 번도 제대로 읽어 본 적 없는 해리포터……. 내 머릿속에서는 아이들에게서 들은 해리포터 줄거리와 내 상상이 한데 섞인다. 그래서 나만의 새로운 해리포터 이야기가 만들어진다.

그림을 바라보며 내 머릿속의 해리포터를 불러내 본다. 순간, 벽면이 허물어지며 부드러운 잔디밭이 펼쳐진다. 그 위로 세상, 어느 곳에도 없는 이상한 모습의 동물들이 뛰어다닌다. 가슴에 두 팔을 모으고 조심스레 주위를 둘러본다. 보이는 잔디밭에서 돌연 꽃들이 솟아올라 일제히 봉우리를 터뜨린다. 향긋한 냄새가 주위를 감싼다. 꽃들 저편으로는 수십 개의 색깔을 가진 무지개가 솟아오른다. 뒤를 돌아본다. 파란색 망토를 걸친 해리가 나를 보며 활짝 웃고 있다. 어서 와. 환영해!

기잉, 냉장고 모터 소리가 들린다. 깜짝 놀란 나는 번쩍 눈을 뜬다. 동시에 와장창, 나만의 상상 세계가 무너져 내린다. 숨을 고르면서 놀란 가슴을 진정시킨다. 혼자 있는 시간이 무섭지는 않지만 가끔씩 이렇게 아무것도 아닌 소리에 놀라는 경우가 있다. 바람에 창문이 덜컹거리는 소리, 고양이 울음소리 같은……

방 한 켠에 있는 싱크대로 가서 개수통에 밥그릇과 수저를 넣는다. 밥그릇에는 나중에 씻기 편하게 물을 받아 놓는다. 싱크대에는 주방용 세제와 샴푸가 나란히 올려져 있다. 세면기가 있는 화장실이 따로 없는 탓에 우리 식구들은 방에 있는 이 싱크대에서 머리를 감는다. 아침부터 빚쟁이 아줌마들이 다녀갔던 날, 싱크대에서 머리를 감던 엄마의 등이 가늘게 떨리는 것을 나는 보았다. 문득 생각해 본다. 그때 엄마는 울었던 걸까?

"제 특기는 피아노 연주입니다. 커서 피아니스트가 되는 게 꿈입니다."

학기 초의 자기소개 시간은 언제나 나를 떨리게 한다. 지금 발표를 하는 새침데기 현지는 2학년 때부터 쭉 나와 같은 반이었는데 매번 꿈이 바뀐다. 2학년 때는 의사였고, 3학년 때는 프로그래머였다가, 4학년인 지금은 피아니스트라고 한다.

"자, 다음 12번 장수연 발표하세요."

아, 드디어 내 차례다. 자리에서 일어나 앞으로 걸어간다. 교단에 서자 머리가 어질어질해진다. 저마다 다른 색의 옷을 입고 있는 아이들이 투명한 플라스틱 통에 담긴 츄파춥스 사탕 같다.

"제 이름은 장수연입니다. 성격은 약간 내성적입니다. 취미는 독서입니다. 그리고 꿈은…….''

"장수연, 좀 더 크게 말해라."

"꿈은, 잘 모르겠습니다…….''

"꿈을 모르다니, 꿈이 없니?"

담임 선생님은 또 어른답지 않은 행동을 한다. 왜 아이들은 모두 꿈이 있어야 된다고 생각하지? 꿈이 꼭 이루어지는 것도 아니잖아. 만약 꿈이 반드시 이뤄지는 거라면 이 세상 사람들은 모두 대통령이고, 의사고, 과학자일 거야. 꿈이 없을 수도 있는 거라고. 나는 고개를 푹 숙인다. 어서 빨리 교단에서 내려가고 싶다. 아이들이 나를 주목하고 있는 것은 견딜 수 없다. 힐끗 옆을 바라

보니, 선생님의 손가락이 눈에 들어온다. 손톱에 붉은색 매니큐어가 칠해져 있다. 언제부터인가, 엄마는 전화 통화를 많이 했었다. 그때마다 주위에 놓인 아무 종이나 집어서 배배 꼬던 엄마의 기다란 손가락. 그 손톱에도 붉은 매니큐어가 칠해져 있었다. '조금만 더 연기해 주세요. 조금만요.' '제 콩팥을 팔아서라도 갚겠습니다. 정말이에요. 믿어 주세요.' 엄마와 아빠가 싸우기 시작한 것도 그즈음이었다. '카드 돈이 공짠 줄 알았어?' '그럼 어떡해! 돈 나올 구멍이라고는 카드밖에 없는데!' 엄마 모습이 떠오르자 이상하게 또다시 눈이 아파온다. 아무래도 눈병이 점점 더 심해지는 것 같다.

쉬는 시간이 되자 교실 창가로 향한다. 커튼을 걷고 창과 커튼 사이의 좁은 공간으로 들어간다. 나는 여기를 좋아한다. 마치 교실에 나만의 작은 방이 생긴 것 같다. 창문을 여니 공기 냄새가 달라진다. 하늘이 너무 맑고 깨끗하다. 집에 있는 새가 생각난다. 새도 크면 저 하늘을 날 수 있겠지. 새가 날아가는 모습을 상상해본다.

"안 추워?"

누군가 내 방에 불쑥 들어온다. 동희다. 손에 젤리 봉지를 든 채, 동희는 내 눈치를 살피며 가만히 서 있다. 지금은 너랑 얘기할 기분이 아니라는 뜻으로 나는 입을 떼지 않는다. 그러나 동희는 떠날 생각을 하지 않는다. 아마 나 외에 달리 얘기를 나눌 친구가 없기 때문이겠지. 집이 가난하지도, 몸이 뚱뚱하지도 않지만 동희는 친구가 없다. 휴대전화를 바꿨는데 몇 십만 원이 넘는 거라는 둥, 이번에 새로 나온 운동화를 샀는데 생각보다 별로라는 둥 자랑질을 엄청 하기 때문이다. 그런 식으로 아이들에게 따돌려진 얘는 가끔씩 나에게 다가오곤 한다. 그렇다고 동희가 조금이라도 나를 좋아하는 건 아니다. 단지 잠시 함께 할 누군가가 필요한 것뿐이다. 쉬는 시간에 대화를 나눌 친구, 화장실에 함께 갈 친구, 다른 아이들에게 자신이 혼자가 아니라는 걸 보여 주기 위한 친구. 만약 옆에 있어 줄 아이가 생긴다면 동희는 나를 찾아오지 않을 거다. 절대로. 이런 속마음을 알지만 나는 다가오는 얘를 밀쳐내지는 않는다. 혼자 있는 시간을 견디지 못하는 동희가 안쓰럽게 여겨지기 때문이다. 누가 가르쳐 주지 않았지만 나는 안다. 어른이 된다는 것은 혼자 있는 시간을 견딜 줄 아는 것이란 사실을. 그런 점에서 본다면 나는 이미 어른이지 않을까?

"젤리 먹을래?"

동희는 들고 있던 젤리 봉지를 내게 내민다. 나는 아무 말도 하지 않는다. 동희는 잠시 나를 물끄러미 바라보더니 봉지에서 젤리 몇 개를 꺼낸다. 마지못한 듯 젤리를 받은 나는 다섯 개의 젤리 중 세 개를 주머니에 넣는다.

"다 먹지, 왜 주머니에 넣어?"

"그냥."

아껴서 나중에 먹으려고, 라는 말은 죽어도 못 하겠다. 동희는 우적우적 젤리를 씹으면서 나를 바라본다.

"있잖아…… 오늘 우리 집에 놀러 가지 않을래?"

동희는 거절당할 것이 겁나는지 연신 눈꺼풀을 깜빡거린다. 동희의 집은 우리 동네 옆 아파트 단지에 있다. 우리 동네와 너무 비교가 돼서 그 아파트를 좋아하지 않지만, 나는 꼭 한 번 그곳을 구경하고 싶었다. 왜냐하면…… 아파트는 엄마의 꿈이었기 때문이다. 문득 엄마가 버릇처럼 했던 말이 귓가에 맴돈다. 두고 봐. 우리도 언젠가는 이 지긋지긋한 달동네에서 벗어나 아파트에서 살게 될 테니!

동희의 집에는 드라마에서나 보았던 값비싼 물건이 많다. 피아노도 있고 정수기도 있고 벽걸이형 텔레비전도 있다. 피아노로 다가가서 상아빛 건반을 조심스레 쓸어 본다.

"피아노 되게 좋다……."

정수기 앞에서 물을 마시던 동희가 내 쪽을 보지도 않고 대꾸한다.

"그거 일본 거야."

나는 가볍게 고개를 끄덕인다.

"으응, 그렇구나……."

물을 다 마신 동희는 소파에 앉는다. 열 명이 앉아도 넉넉할 것 같은 소파다. 동희 옆에 앉자 건너편 텔레비전에 내 모습이 비친다. 까무잡잡한 피부, 단추 구멍만 한 눈, 얇게 찢어진 입술……. 참 못생기기도 했네. 속으로 중얼거려 본다. 동희는 피곤한지 길게 하품을 한다. 나는 갑자기 생각났다는 듯이 동희에게 말한다.

"우리 집도 옛날에는 아파트였어."

동희는 못 들은 척 아무 대꾸도 하지 않는다. 다시 한 번 입을 쩌억 벌려 하품을 할 뿐이다. 나는 아랫입술을 꽉 깨문다. 너무나 여러 번 말해서 이제는 나도 진짜인지 거짓인지 헷갈리는 진짜 같은 거짓말들. 우리 집에도 옛날에 자가용 있었어. 우리 집에도 옛날에 강아지 키웠는데. 우리 집에도 옛날에는……. 나는 오른손 새끼손가락을 바라본다. 그래, 엄마가 돌아오기만 하면 까짓 자가용도, 강아지도 필요 없어.

내게는 아빠가 모르는 비밀이 하나 있다. 그날, 엄마가 떠난 날 새벽. 나는 어둠 속에서 엄마가 몸을 일으키는 모습을 보았다. 엄마가 옷을 챙겨 입고 집을 나서려는 찰나, 나는 이상한 기분에 휩싸여 급하게 엄마를 붙잡았다. '어디 가는데?' 엄마는 잠시 동안 지그시 나를 바라보더니 새끼손가락을 내밀었다. '엄마, 한 달 후에 올 거야. 엄마랑 약속 하나 하자. 여기 손가락 걸어. 지금 하는 약속 꼭 지켜야 돼. 너 절대로…….' 그때 내 손가락에 와 닿던 엄마의 손가락은 너무 차가웠다. 약속을 지키면 엄마는 정말로 돌아올까?

"내 방으로 가자."

동희가 내 손을 잡아끈다. 나는 동희에게 이끌려 그 애의 방으로 간다. 방문을 열자 맞은편에 놓인 책상이 가장 먼저 눈에 들어온다. 그 우측으로는 침대가 놓여 있다. 나는 방을 휘 둘러보며 말한다.

"방이 되게 좁네."

방이 좁다니. 우리 가족은 이 방만 한 공간에서 사는데. 책장을 살펴본다. 순간, 나는 선 채로 딱딱하게 몸이 굳어 버리고 만다. 해리포터가 시리즈별로 모조리 꽂혀 있잖아! 가슴속에서 해리가 텀블링을 하고 있는 것 같다. 내 모습을 보고 동희가 미소 짓는다.

"한 달 전에 아빠한테 선물로 받은 거야."

책에서 눈을 떼지 않은 채로 나는 묻는다.

"다 읽었어?"

동희는 고개를 젓는다.

"아니."

"왜?"

"나, 원래 책 읽는 거 별로 안 좋아하잖아."

나한테 저 책들이 있다면 하루 만에 다 읽었을 텐데. 나는 보이지 않게 아랫입술을 꽉 깨문다. 화가 날 때마다 아랫입술을 깨무는 행동은 엄마가 떠난 후로 생긴 버릇이다.

"우리, 과자 사 먹을까?"

동희가 끝이 올라간 억양으로 묻자 나는 건성으로 고개를 끄덕인다.

"그러지, 뭐."

아파트 단지를 빠져나온 우리는 근처 편의점으로 들어간다. 동희는 내게 먹고 싶은 건 뭐든 고르라고 한다. 정말이냐고 묻자 동희는 큰 눈을 깜빡이며 웃는다. 나는 그동안 먹고 싶었던 과자와 초콜릿을 집어 든다. 딸기 우유도 고른다. 그러다가 나는 문득 태엽이 다 돌아간 인형처럼 동작을 멈춘다. 이런 나를 동희가 어떻게 생각할까, 하는 생각이 머리를 스친 거다. 나는 품에 안은 것들을 도로 제자리에 갖다 둔다. 동희가 의아한 표정으로 나를 바라본다.

"왜?"

나는 점심을 많이 먹어서 배가 부르다고 둘러댄다. 동희는 진열장을 돌아다니며 과자 몇 가지와 사탕을 고른다. 편의점을 나서다가 호빵 찜통을 보고 동희가 묻는다.

"호빵도 살까?"

달콤한 팥이 듬뿍 들어간 호빵을 생각하니 저절로 입에 침이 고인다. 그러나 나는 별로 먹고 싶지 않은 듯 시큰둥하게 대답한다.

"마음대로 해."

너무나 다행히도, 동희는 주인아저씨에게 호빵을 달라고 한다. 아저씨가 찜통을 열자 하얀 김이 뿜어져 나온다. 그 모습을 보고 동희가 말한다.

"소독차 생각난다. 왜 있잖아, 뒤쪽에서 구름 같은 연기가 나오는 차 말이야. 옛날에는 동네에 가끔 왔었는데 이상하게 요즘은 안 와."

"그래? 우리 동네에는 자주 오는데……."

동희는 눈을 크게 뜨며 묻는다.

"정말? 정말 자주 와?"

나는 동희의 눈을 멀뚱히 바라본다.

아빠가 돌아와 있다. 좁은 방 안에 담배 연기가 그득하다. 나는 고개만 조금 까딱여 인사를 한다. 오랫동안 목욕을 못한 아빠의 몸에서 퀴퀴한 냄새가 풍긴다. '그동안 전화 온 것 없냐?' 나를 볼 때마다 들이대는 질문. 아빠의 퀭한 눈을 보기 싫어 고개를 숙인 채 대답한다. '없어요.' 아빠는 텔레비전으로 시선을 돌린다.

나는 할머니가 저녁 준비를 하는 싱크대 쪽으로 간다. 그러고는 할머니 곁에 앉아 텔레비전을 본다. 텔레비전에서는 드라마가 나오고 있다. 배경이 아파트다. 동희네와 비슷하다. 화면에 비치는 아파트에 우리 가족이 사는 상상을 해 본다. 아빠는 거실의 소파에 앉아 신문을 보고 있고, 엄마는 부엌에서 요리를 하고, 그리고 나는…… 내 방에서 해리포터를 읽고 있다.

아빠가 와서 반찬이 푸짐하다. 어묵 볶음도 있고 고등어조림도 있다. 고등어조림은 아빠가 좋아하는 반찬이다. 할머니가 고등어 한 토막을 아빠 밥그릇에 올려놓으며 복직될 기미는 없냐고 묻는다. 아버지는 할머니의 말을 못 들은 척, 아무 대꾸 없이 밥알만 씹는다. 나도 고등어조림을 먹어 본다. 엄마가 한 것과 맛이 다르다. 엄마가 만든 고등어조림은 이렇게 비린내가 나지 않는다.

"이제 포기하고 다른 데 알아보는 게 좋지 않겠냐."

아빠는 얼굴을 찡그린다. 내 일은 내가 알아서 해요. 그러니까 참견하지 마세요. 아빠의 표정은 이렇게 말하고 있다. 더 이상 할머니의 말을 듣고 싶지 않은 아빠는 텔레비전 소리를 높인다. 화면에 시위 현장이 비친다. 머리에 빨간 띠를 두른 사람들이 있고, 손에 커다란 방패를 든 경찰 아저씨들도 있다. 그 모습을 본 아빠의 눈이 크게 벌어진다. 숟가락을 쥔 손이 부들부들 떨린다. 나는 재빨리 리모컨을 집어 들어 채널을 돌린다. 아빠는 멍하니 나를 바라보다가 고개를 숙이고는 우걱우걱 밥을 먹는다. 파업 당시, 아빠는 경찰 아저씨들에게 붙들려 크게 혼이 났었다. 그래서 경찰을 볼 때마다 이렇게 흥분을 한다. 몇 년이나 지난 지금까지도.

밥을 다 먹은 나는 밥풀 몇 알을 들고 새가 있는 상자로 다가간다. 새도 배가 고플 것이다. 상자 속을 살펴본 나는 깜짝 놀란다. 새가 바닥에 쓰러져 있다. 잠을 자나? 손가락으로 새를 톡톡 건드려 본다. 그러나 새는 조금도 움직이지 않는다. 가슴이 쿵쿵 울린다.

"할머니!"

밥상을 치우던 할머니가 나를 돌아본다. 텔레비전을 보던 아빠도 무슨 일인가 싶어 이쪽으로 고개를 돌린다.

"할머니, 새가 이상해."

내 곁으로 다가온 할머니가 고개를 길게 빼고 새를 들여다본다. 잠시 후 할머니는 쯧쯧, 혀를 찬다.

"새가 너무 어렸다. 어미 없이는 살 수 없었어."

"할머니, 새 죽은 거야? 죽은 거 맞아?"

할머니는 대답 대신 내 머리를 한 번 쓰다듬어 주고는 몸을 돌린다.

"이따가 화단에 묻어 주자."

어느새 다가온 아빠가 화난 얼굴로 말한다.

"언제 방에 이런 걸 갖다 둔 거야. 얼른 내다 버려!"

어미 새는 자기 새끼가 죽은 걸 알까. 어미 새가 있었다면 새끼 새는 죽지 않았을 것이다. 어미 새가 밉다. 정말로 밉다. 갑자기 눈이 아프기 시작한다. 나는 손으로 두 눈을 꽉 누른다. 눈병이 점점 심해지는 것 같다.

학교를 마친 나와 승미는 산 2번지로 걸어간다. 그런데 오늘은 평소와 조금 다르다. 마트의 '2+1' 상품처럼 우리 곁에 동희가 찰싹 붙어 있는 거다. 동희의 집에 놀러 갔던 날, 나는 동희에게서 한 가지 부탁을 받았다. 소독차가 올 때 자신을 동네에 데려가 달라는 것이었다. 물론 나는 기겁하며 절대 안 된다고 했다. 그러나 동희가 자기는 집에 초대해 줬는데 그럴 수 있냐고 따지자 할 말이 없었다.

"우와, 정말 있네!"

슈퍼마켓 앞에 서 있는 소독차를 보고 동희가 환호성을 내지른다. 운전사 아저씨들은 소독을 하기 전이면 꼭 저렇게 캔 커피를 사 마신다. 마치 커피를 마셔야만 소독을 할 수 있다는 듯이 말이다. 아저씨들 곁을 지나는데, 대화 소리가 들린다.

"이 일도 올해면 끝이야. 내년에는 여기도 재개발을 한다잖아."

"그럼 여기 사는 사람들은 어쩌고?"

"어쩌긴, 쫓겨나겠지."

우리 셋은 담벼락에 등을 기대고 선 채 막대 사탕을 빨며 소독차가 오기를 기다린다. 주위에는 소독차를 기다리는 아이들이 여럿 모여 있다. 나는 동희에게 이곳에 오기 전부터 몇 번이나 받았던 다짐을 다시 한 번 확인한다. 우리 집이 이 동네에 있다는 거, 다른 아이들한테 절대 비밀이다? 알았지? 동희는 건성으로 고개를 끄덕인다. 마음이 불안하다. 동희를 믿어도 되는지 의문이다.

"참, 너는 소독차를 왜 좋아하는 거야?"

내가 묻자 동희는 웃는다.

"냄새가 좋아. 목구멍이 간질간질해지고 머리가 어질어질해지는 그 냄새가 너무 좋아."

나는 놀란 눈으로 동희를 쳐다본다. 소독약 냄새를 좋아하면 몸에 회충이 많다던데, 혹시 애 몸속에도 회충이 그득한 걸까.

"온다아!"

슈퍼마켓 방향을 바라보고 있던 승미가 외친다. 골목에 있던 아이들이 일제히 고개를 돌린다. 소독차가 느릿느릿 비탈길을 올라오고 있다. 짐칸에 실린 커다란 기계장치에서 요란한 소리를 내며 하얀 연기가 뿜어져 나온다. 아이들이 소리를 지르며 소독차를 향해 달려간다. 승미와 동희도 달려간다. 그러나 나는 가만히 서 있는다. 왠지 아이들을 따라 하기 싫다.

"뭐 해, 빨리 와!"

승미가 나를 돌아보며 외친다.

"응, 그래."

구름처럼 뭉게뭉게 피어나는 연기를 보고 있자니 온몸이 근질근질하다. 잠깐 고민하다가 나도 연기 속으로 풍덩 뛰어든다. 그러자 대번에 코끝이 간질간질해지고 머리가 땅, 울린다. 여기서는 아무도 나를 알아보지 못한다. 내 표정을 못 보고, 내 몸짓을 못보고, 내 옷차림도 못 본다. 그래서 마음이 편안하다. 아늑하다. 두 눈을 감은 채 두 팔을 활짝 벌려 본다. 마치 내가 새가 된 것 같은 기분이다. 구름 속을 날고 있는 것 같다. 이대로 연기에 녹아들었으면 좋겠다. 그래서 연기가 사라질 때 나도 같이 사라졌으면 좋겠다.

나는 옆에 있는 승미의 머리를 손으로 탁, 친다.

"아얏, 누가 내 머리 때렸어!"

머리를 얻어맞은 승미는 주위를 두리번거리기만 한다. 나는 키득 웃으며 낯모르는 아이의 머리도 쳐 본다. 얘 역시 누가 때렸는지 알지 못한다. 깔깔거리며 웃는데 누군가 내 어깨를 툭, 치며 지나간다. 포도 모양의 핀으로 머리를 묶은 여자애…… 동희다! 나도 모르게 땅바닥에서 돌멩이를 집어 든다. 돌멩이를 쥔 손을 천천히 치켜든다. 후읍, 숨을 들이마신 다음 동희를 향해 힘껏 돌을 던진다. 그러고는 내 모습이 보이지 않을 거란 사실을 알면서도 재빨리 근처 전봇대에 몸을 숨긴다.

"악!"

짧은 비명. 이어서 들리는 아이들의 웅성거리는 소리.

"얘 머리에서 피 난다!"

"우와, 진짜 피 나네."

슬쩍 전봇대 밖으로 고개를 내민다. 동희가 쭈그려 앉아 울고 있다. 그 곁으로 아이들이 잔뜩 모여 있다. 슈퍼마켓에서 주인아줌마가 무슨 일이냐고 물으며 급하게 뛰어나온다. 놀란 나는 다시 전봇대 뒤로 숨는다. 새가 죽었을 때처럼 가슴이 쿵쿵 울린다. 나는 전봇대에 등을 기댄 채로 주르륵 미끄러져서 털썩 주저앉는다. 또 눈이 아파 온다. 눈앞의 풍경이 자꾸만 아래위로 흔들린다. 나는 엄마와의 약속을 떠올린다. 수연아, 지금부터 엄마가 하는 말 잘 들어. 앞으로 힘든 일 있어도 절대 울어서는 안 돼. 알았지? 울면, 엄마 다시는 안 올 거야. 나는 마음속으로 말한다. 엄마, 눈병 때문이야. 눈병에 걸려서 그래. 나, 엄마랑 한 약속 잘 지키고 있다고. 그러니까 엄마. 빨리 돌아와, 빨리. 한 달은 벌써 지났잖아…….

작가의 말 📖

　고백하자면, 우연히 들어선 청소년문학의 길이다. 이제서야 밀린 숙제를 하듯 고민을 해 본다. 청소년문학이란 뭘까. 개인적으로 일반문학과 청소년문학을 구분 지어 대하지는 않는다. 그에 따라 당연히 글을 쓸 때에도 따로 독자층을 정하지 않는다. 청소년문학에 대한 이해가 부족한 것일 수도 있겠으나, 문학이란 틀 안에서 굳이 울타리를 둘 필요가 없다고 생각하기 때문이다. 나만 해도 중·고등학교 시절에 이미 어른들이 읽는 문학 작품을 접했고, 성인이 된 지금은 청소년소설이나 동화를 재밌게 읽고 있다.

　다만, 청소년소설이라고 명명되어진 글을 집필하며 일반소설과는 다른, 한 가지 뚜렷한 특징을 느낀다. 그건 '과거의 나'와 자주 만난다는 점이다. 작품이란 작가의 생각과 경험이 녹아들 수밖에 없고, 따라서 청소년소설을 쓰며 나의 소년기나 학창 시절을 돌아보지 않을 수는 없을 게다.

　그러나 사실, 마치 마트료시카처럼 내 속에 겹겹이 숨은 '나'들을 끄집어내는 건 썩 유쾌하지 않은 일이다. 누구에게나 그렇겠지만, 지난 시간의 자신을 들여다보는 건 얼마간의 고통과 후회, 착잡함을 동반하기 때문이다. 부디 여기서 바람이 있다면, 그 소환 과정이 회한이 아닌 화해와 연결되어 있기를, 하는 것이다.

자음과모음 청소년문학이 어느 사이 70권을 맞았다. 문학이 위기를 맞은 시대에 의미 있고 감사한 일로 여겨진다. 갈수록 책 읽는 이가 줄어드는 현 세태에서 어떤 소신과 사명이 없었다면 여기에 이르지 못했을 것이다.

아무쪼록, 자음과모음 청소년문학 시리즈가 계속 이어져 경계에서 힘겨워하는 우리 청소년에게 작은 위로가 되어 주기를 바란다.

진
저

소녀 블랙

Black Girl

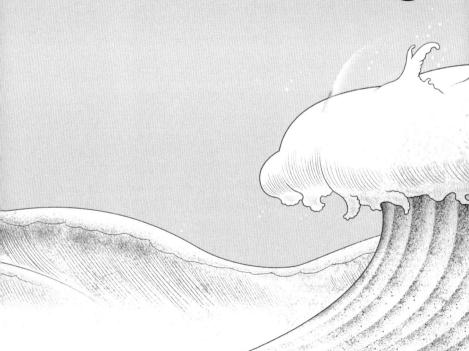

진 저 (정 선 영)

부산 사람으로 직장일과 육아로 정신없이 살다가, 어느 날 갑자기 손가락에 번개를 맞은 것처럼 글을 쓰기 시작했다. 로맨스, 미스터리, 판타지 등 다양하게 쓰는 중이나 묘하게도 그 주인공들은 대부분 십대의 '소년과 소녀'다. 보잘 것 없는 글이지만, 매일 종종거리는 걸음으로 학교와 집을 오가는 아이들에게 작은 위로가 되고 싶다.

장편소설 『좀 비뚤어지다』로 제3회 자음과모음 청소년문학상 '주목할 시선상'을 수상했다. 그밖에 『아이스크림이 녹기 전에』 『스니커즈를 신은 소녀』 등을 출간했다.

까강.

커피 캔이 빈 몸을 요란하게 굴렸다. 난 느릿느릿 팔을 뻗어 떨어진 캔을 주어 올렸다.

금발 남자가 흠칫 놀라며 나를 돌아보았다. 수업 시간에 거슬리는 소음을 냈다며 책망하는 시선이었다.

제길. 손이 미끄러진 것뿐이라고! 욕지기가 불뚝 치밀어 올랐다.

"What's your name?(이름이 뭐니?)"

그는 나긋나긋 물었다. 늘 맨 앞줄에 앉는 여학생의 이름이 새삼 궁금해진 모양이었다.

내 심장이 수면 밖으로 튕겨져 나온 금붕어처럼 팔딱였다. 당황했지만, 난 아닌 척 괴고 있던 턱을 45도로 비스듬히 올렸다. 가을 하늘마냥 파란 눈동자들을 쏘아보았다.

"아이 엠 블랙."

"What? You like the color?(뭐? 색깔을 좋아한다고?)"

금발은 블랙커피 캔에 인쇄된 로고와 내 얼굴을 번갈아 확인하였다. 내가 영어로 된 질문을 잘못 이해한 줄로 여기면서.

"아이 엠 블랙."

난 입술을 힘껏 그러모아서 또박또박 말했다.

"Oh…… your nickname is black? All right.(오, 네 별명이 블랙이라고? 좋아.)"

그는 아무래도 좋다는 듯 미소했다. 언뜻 호의적으로 들리는 그의 악센트에 나도 흡족한 미소로 화답해 줬다.

금발이 뭐라 하든 상관없다. 어차피 싸구려 음식들에 익숙해진 내 위장은 비싼 버터를 잔뜩 바른 꼬부랑 언어들은 소화시키지 못하는걸.

"블랙? 웃기시네……."

"지안이 쟤 왜 저래."

반 아이들이 수군거렸다. 몇몇은 '까만 콩'이라는 그 지긋지긋한 별명을 들먹이며 날 비웃었다. 내 키는 154센티미터. 땅꼬마에다 살갗이 엄마가 오븐에서 늦게 꺼내 타 버린 쿠키마냥 까맣다.

어디 마음껏 지껄여 봐.

난 오기를 부리며 눈살을 찌푸렸다. 교실 창을 뚫고 들어오는 오후 햇살이 따갑다. 등도 따가웠다. 사방에서 날아드는 파란빛,

보랏빛, 노란빛. 색색의 가시선들이 내 등을 콕콕 찔러 대었다.

등을 최대한 꼿꼿이 폈다. 빛들은 내 등에 부딪쳐 녹고, 으깨졌다. 뭉그러진 빛들은 내 새까만 피부로 쏙쏙 스며들었다.

어느덧 아이들의 웃음소리가 멀어지다가, 내 발 밑으로 착착 가라앉았다. 몹시 유치하고, 심심풀이로 나오던 멜로디라, 딱히 화젯거리로 삼지도 못할 그저 그런 배경음악이 되었다.

세상은 해밝다. 햇살은 발정이 나서 다양한 빛깔로 스펙트럼을 만들어 댔다. 그리고 그 가운데 홀로 우두커니 앉은 난 적막한 블랙이다. 누구도 내게 가까이 와선 안 된다. 훅, 이 깊고 짙은 어둠에 빨려 들어갈지도 모르니까. 순식간에 흔적도 없이 말소되는 경험을 하고 싶다고? 그럼 뼈가 부스러지도록 부딪쳐 보라. 내가 눈 한 번 깜짝하나.

영어 수업이 끝나고 교실로 돌아가는 중이었다. 책 사이에 끼어 둔 영어 학습지가 바닥으로 사락사락 떨어졌다. 뒤에서 오던 유라가 냉큼 학습지를 주웠다.

"고마워."

나는 무표정하게 손을 내밀었다.

"고맙기는."

그녀는 눈썹을 찡긋 올리더니 학습지를 구깃구깃 접기 시작했다. 어찌나 손이 빠른지 난 뺏을 생각도 하지 못했다. 그녀는 내

학습지로 종이비행기를 접어 날렸다. 슝, 비행기는 열린 창밖으로 떨어졌다.

"야!"

"어머. 그냥 장난친 거였는데 미안."

유라가 얼른 고개를 조아렸다. 내가 담임에게 이를까 봐 변명 거리를 만들어 놓는 것이다. 난 대꾸 없이 그녀를 지나쳤다. 분했다. 그렇다고 싸워 봐야 애들이 더 몰려들 터였다. 그보다 학습지를 찾지 못할까 봐 걱정이었다. 수행평가 학습지라 없어지면 점수가 깎이기 때문이다.

1층 뒷문을 통해 뒤뜰로 뛰어갔다. 유라와 아이들은 킥킥거리며 창가로 몰려들었다. 처음엔 학습지를 찾는 내 찌질한 모습을 구경하던 눈들이 이내 다른 쪽으로 쏠렸다. 벤치에 라경과 준우가 사이좋게 앉아 있었다. 출중한 외모의 두 사람. 그들은 학교의 공식 커플로, 틈만 나면 교내에서 선생님들 눈을 피해 애정 행각을 벌였다.

지금도 준우의 무릎에 라경이 누워 있다. 때때로 준우는 고개를 숙여서 라경의 귓가에 뭔가를 속닥이거나, 볼과 이마에 뽀뽀하였다. 아이들이 쳐다보든 말든 멈추지 않았다. 보는 사람이 민망해서 고개를 돌릴 지경이었다.

헐레벌떡 뒤뜰에 도착해서 주위를 두리번거렸다. 종이비행기는 보이지 않았고, 창가로 흘러나온 여자아이들의 대화가 귓전을 어지러웠다.

"하영이가 그러는데 체육 창고에서 둘이 키스하는 거 봤대. 진짜 열렬히 하더래. 영화의 한 장면 같이."

"우와, 대박!"

모두들 부러워 난리였다. 연애, 사랑, 로맨스. 그쪽 얘기만 들려도 심장이 발딱발딱 일어서는 사춘기 소녀들은 두 사람을 훔쳐보며 한참을 지지배배 떠들어 댔다.

나도 벤치에서 한 덩어리가 된 라경과 준우를 힐끔거렸다. 종이비행기가 된 학습지일랑 까맣게 잊고서.

그때였다.

"혹시 이거 찾아?"

별안간 커다란 그림자가 날 에워쌌다. 놀라서 고개를 돌리니 키 큰 남자애가 서 있었다. 그는 손에 든 종이비행기를 내밀었다.

내 눈동자가 대관람차마냥 빙글빙글 돌았다. 동시에 백 개의 형광등을 켠 듯 그에게서 새하얀 빛줄기가 쏟아져 내렸다. 정말이지 눈이 멀 것 같았다. 그는 눈송이처럼 하앴다! 희다 못해 투명한 피부 아래로 파란 정맥이 비쳐 보였다. 머리카락부터 속눈썹한 올 한 올까지 흰 물감으로 칠한 걸까.

찹쌀떡처럼 새하얀 피부와 머리털을 빼면 준우처럼 잘생기진 않았다. 눈매가 쭉 찢어져 상당히 동양적인 얼굴이랄까.

"아…… 고마워."

난 어물쩍대며 종이비행기를 낚아채 갔다. 그는 보일 듯 말 듯 미소를 지었다. 그러곤 휘적휘적 돌아서 걸어가기 시작하였다. 깔보며 조롱하거나 비웃지 않는 자연스러운 미소를 보다니. 참으로 오랜만이라 당황스러웠다.

그래. 몇 번 운동장에서 그를 본 적이 있었다. 아이들은 그를 '알비노'라고 불렀다. 알비노. 색소가 감소되어 온몸이 하얗게 되는 백색병이라 했다. 실제로 그를 가까이에서 본 적은 처음이었다. 직접 대면하니 더 신기했다. 그는 이 세계에 속하지 않는 사람처럼 보였다.

"대박."

난 구겨진 종이비행기를 꼭 쥔 채 꿍얼거렸다.

*

"잘 있어, 지안아."

그날, 그녀는 햇볕을 등지고 서 있었다. 자기보다 작은 나를 한참 굽어보았다. 한때 엄마라고 부르던 어른 여자와 대면한 마지막 날이었다.

엄마가 무슨 옷을 입었던가. 어떤 표정이었나? 어리고 미성숙했던 내 뇌세포는 아무것도 기억하질 못했다. 그녀도 이젠 한낱

무거운 추에 매달린 채 바다 밑으로 깊이 가라앉은 기억 파편들 중 한 조각일 뿐.

단 하나, 엄마의 달걀형 얼굴을 가리고 있던 그 끈질기고 시꺼먼 그늘만은 또렷했다. 그 어둠이 내 몸에 각인되었다. 면역이 없는 난 금세 어둠에 물들었다. 나의 세상은 시시각각 채도가 떨어졌다. 그러다 아예 까매졌다. 빨, 주, 노, 초, 파, 남, 보, 그리고 순백의 화이트. 그 맑고 아름다운 색들 중에서 왜 나만 까만색일까. 왜 하필 우리 집만 그 끔찍한 색으로 뒤덮여 있을까.

사람들은 공작새처럼 날개를 펴고 저마다 가진 미색을 뽐내며 살아간다. 그래도 언젠가 운명을 다한 색들은 빛바래고, 마구 뒤섞여 우중충하고 까맣게 변한다. 내 스위트홈이 바로 그 색깔들의 무덤이요, 난 그 무덤 속에서 꾸물꾸물 기어 다니는 작고 새까만 거머리다.

학교에서도 난 기름처럼 둥둥 뜬 불편한 존재다. 아이들은 엉덩이에 검정 꼬리표를 붙인 채 음산한 기운을 내뿜는 날 꺼렸다. 때론 옷이 더럽다고 손가락질하였다. 내가 다가갈수록, 나의 어둠에 물들까 봐 두려워하며 슬금슬금 뒷걸음쳤다.

난 슬펐다. 그들이 미웠다. 아무도 빨아 주지 않아서 점점 더러워지는 내 옷을 증오했다. 씻지 않아서 떡이 진 머리카락과 새까맣게 때가 낀 손톱을 증오했다. 모두를 원망하며 하염없이 울었다. 하지만 곧 체념했다.

괜히 이 무덤을 벗어나려고 발악하지 말자. 차라리 철저히 칠흑 속에 전신을 물들여 버리자. 결정하고 나서야 비로소 비루한 삶이 편해졌다. 언젠가부터 혼자 머리를 감고, 옷과 운동화를 직접 빨기 시작했다. 여전히 학교에선 혼자였다. 하지만 더는 친구를 사귀려는 쓸데없는 짓은 하지 않았다. 이후로 스스로도 기특할 만큼 꽤 평온한 날들을 보내 왔다. 그 알비노 녀석을 다시 만나기 전까진 말이다.

*

"지안아, 마감할 때 들르마."

사장이 책 대여점을 빠져나갔다.

"네, 사장님."

내 목소리가 가파르게 고조됐다. 며칠 전부터 책 대여점에서 저녁 알바를 시작했다.

자, 시작해 볼까.

이제야말로 진정으로 하루를 만끽하는 시각. 학교의 생활이란 두 눈을 멀뚱멀뚱 뜬 채로 잠을 자고, 먹고, 걸어 다니는 몽유의 시간일 뿐. 내겐 무의미했다. 해가 지면 비로소 나의 정신과 육체에 생기가 돌았다. 머리부터 발끝까지 어둠의 에너지가 순환하기 시작했다.

손님이 없는 틈을 타서 재빨리 파우치에서 매니큐어를 꺼내 들었다. 매니큐어를 펜촉처럼 세우고 엄지손가락부터 하나씩 정성스럽게 발라 나갔다.

"흐음……."

차례로 까맣게 물들어 가는 손톱들. 이윽고 뭉툭한 손톱들 위로 열 마리의 작은 바퀴벌레들이 앉았다. 멋져! 윤기가 자르르 흐르는 등딱지를 바짝 웅크리고 줄지어 앉은 꼴이라니. 검은 등딱지 위에 하얀색 매니큐어로 눈과 다리라도 그려 줄까? 그러면 다리를 바작바작 지치며 달아나지 않을까? 즐겁게 상상의 나래를 펼쳐 봤다.

차릉차릉. 도어 벨이 울렸다. 손님이 하나 들어왔다. 나는 파우치를 야무지게 닫고, 매니큐어가 채 마르지 않은 두 손을 키보드 자판 위로 올렸다. 남자 손님은 판타지, 무협지 코너에서 서성였다. 책의 목록을 직접 손가락으로 훑으면서 헛기침하였다.

"…… 쿨럭."

순간 나는 얼어붙었다. 종이비행기를 주어 줬던 하얀 남자애, 알비노였다!

쟤도 이 동네에 사는 걸까? 가슴이 쿵쾅거리고 호기심이 발동했다. 내리깐 속눈썹 사이로 그를 면밀히 관찰하기 시작했다.

매우 희고, 착해 보인다. 그의 첫인상을 단적으로 표현하자면 그러했다. 그는 간혹 목덜미에 배어 나오는 땀을 손등으로 훔쳤다. 진지하게 책을 고르는 모습이 귀여웠다. 남의 이목을 끄는 게 싫어서인지 얼굴이 다 가려지도록 야구 모자를 꾹 눌러썼다. 그 백미처럼 흰 피부와 머리카락이 결코 가려지질 않는데도.

그는 온몸에서 하얗고 풍요로운 아우라를 풍겨내고 있었다. 뜨거운 백열등 아래서 커다란 덩치가 뿜어내는 눈부신 아우라의 향연이라니. 굳이 그를 색깔로 비교하자면 화이트! 어라? 나랑 정반대잖아. 묘하게 흥분되었다.

화이트는 불현듯 돌아섰다. 그는 머쓱한 미소를 띠면서 카운터로 다가왔다.

"저기……."

"네?"

비스킷처럼 파삭파삭 부서지려는 음성을 냉큼 가다듬었다. 솔직히 섭섭했다. 화이트는 나를 전혀 기억하지 못하는 듯했다.

"다크 월드 최신 나왔나요?"

"잠시만요."

조금 당황했다. 열 개의 검정 손톱이 빠르게 키보드를 눌러 '다크 월드'를 검색창에 입력했다. 다크라니! 은연중에 그도 어둠에 빠져 들고 싶은 욕망이 있는 걸까. 나는 혀끝에 침을 묻혔다. 어떻게든 내 프로패셔널한 모습을 그에게 보여주고 싶었다.

"11권은 대출 중이에요."

난 시선을 파란 모니터에 못 박았다. 화이트가 본다고 생각하니 몸이 자꾸 굳었다.

"아…… 예."

그는 낙심한 얼굴로 쭈뼛쭈뼛 서가로 되돌아갔다. 네모반듯하게 각진 어깨가 로봇을 연상시켰다. 통통한 내 두 뺨이 점차 벌겋게 달아올랐다. 칙칙한 피부에 어울리지도 않게 옅은 핑크빛까지 감돌았다.

몇 분 후, 그가 다시 왔다. 책 두 권을 겹쳐서 드밀었다. 길고 하얀 손가락들이 움찔거리며 날 유혹하였다. 매일 쓴 블랙커피만 마시는 내게 설탕 한 스푼을 넣어 보라는 듯이.

"손님 전화번호 뒷자리가?"

뻣뻣이 물었다.

"2348이요."

타다닥.

신속히 타이핑하자, 파란 스크린에 보름달처럼 이름이 떠올랐다. 장호수. 예상보다 평범한 이름이었다. 외우려고 살며시 그 이름과 전화번호를 혀끝에 되새겨 보는 나. 교활하기 짝이 없었다.

"소설은 2박 3일이고요. 잔여금 7,900원 남았습니다."

"예."

그는 돌아섰다.

마음이 영 뜨뜻미지근해졌다. 저 녀석에게 내 존재를 확실히 각인시키고 싶다는 마음에서일까. 충동적으로 가게가 떠나갈 듯

한 소리로 인사를 하고 말았다.

"손님, 안녕히 가세요!"

유리문 앞에서 그가 주춤했다. 그는 머뭇머뭇 날 돌아보았다.

"근데요. 혹시 남부고 안 다니세요? 얼굴이 낯익어서."

이렇게 기쁠 수가!

화이트가 날 기억해 주었다. 난 감격한 표정으로 그를 똑바로 마주했다. 가게 문틈으로 쳐들어온 깜깜한 밤이 그의 네모난 어깨에 망토처럼 걸쳐졌다. 달빛을 흡수하여 더욱 멀겋게 뜬 그 얼굴이 까맣게 덧칠한 밤의 망토와 극명히 대비되었다. 나는 그 아찔한 광경에 그만 넋을 잃었다. 미처 몰랐다. 블랙에 가장 어울리는 색이 화이트일 줄은.

그 일을 계기로 서로 말을 텄다. 우린 급격히 친해졌다. 때때로 그는 데스크 옆 간이의자에 앉아서 나와 도란도란 이야기를 나누다 돌아가기도 했다. 얘기라고 해봤자 학교 행사나 요즘 한창 뜨는 소설과 만화책에 대한 대화밖에 없었지만.

어쨌든 내 밤 생활이 더할 나위 없이 풍족해졌다. 혹시나 호수가 올까, 가게 유리창 너머로 목을 쭉 뺐다. 자신의 코끝도 찾을 수 없는 밤에 어서 빨리 둥근 보름달이 뜨기만을 학수고대하는 듯 말이다. 새하얀 보름달 같은 남자를 기다리며 흑심을 품는 소녀라니. 정말 쩌는 러브 스토리의 여주인공이 된 느낌이었다. 시간이 흐를수록 난 머리꼭지부터 발톱 끝까지 사랑에 빠진 바보가 되어 갔다.

호수는 첫 인상과 한 치의 오차도 없었다. 착해 보이는 남자애 그대로였다. 내가 장난치며 옆구리를 붙이기라도하면 그 큰 몸을 움츠렸다. 동시에 그를 깊이 알아갈수록, 심장 한 켠이 씁쓸해졌다. 정말로 그가 온통 하얗게 물든 세계에 살고 있기 때문이다. 호수의 아버지는 개인 병원 의사고, 어머니는 같은 병원 건물 1층에 있는 약국의 약사란다. 난 막 혀가 잘려 나간 도마뱀처럼 말을 잃었다. 하긴 호수도 백의 가운을 입으면 잘 어울릴 것 같았다.

무엇보다 호수가 우리 동네에 있는 고층 아파트에 산다는 사실에 먹먹했다. 우리 집 한 뼘 크기의 뒤틀린 창으로 들어오던 쪼그마한 햇빛마저 차단한 그 괴물 아파트에.

세상은 어차피 불공평해. 우리 집 창을 막은 사람이, 다른 이가 아니라 호수니까 괜찮아. 난 어금니를 꽉 깨물었다.

자존심에 스크래치가 났지만 인정해야 했다. 호수는 밝은 빛으로 둘러싸여 있었다. 모든 빛은 호수를 관통하여 뻗어 나갔다. 우리 집에 할당된 가녀린 한 줄기 빛조차도.

어느 날 밤에 우린 편의점 앞에 펴 둔 파라솔 자리에 우두커니 앉았다. 호수는 뜨거운 물을 갓 부은 컵라면을 내려다보며 잠자코 기다렸다.

"이거…… 꼭 너 닮은 거 알아?"

호수가 턱짓으로 아래를 가리켰다. 콩벌레가 더러운 아스팔트 위를 스르륵스르륵 지나쳐 가는 중이었다.

"뭐? 왜?"

난 목소리를 뾰족하게 키웠다.

갑자기 콩벌레가 몸을 확 동그랗게 접었다. 떼굴떼굴 뒹굴더니, 죽은 척 미동을 멈추었다. 무척 얄미운 녀석이었다. 난 그 콩벌레가 사랑의 연적이라도 되는냥 죽어라 노려보았다.

"까맣고, 작고, 귀엽잖아."

"에?"

"아, 여자애들은 벌레 싫어하지?"

호수가 금세 시무룩해졌다.

"아니!"

난 고개를 터보 모드로 돌아가는 선풍기마냥 획획 저었다.

기분이 나쁘기는커녕 두 발을 동동거리다가 두 손을 땅에 짚으며 확! 텀블링이라도 하고 싶었다. 기뻤다. 까맣고, 작고, 귀엽다니! 실로 최고의 찬사가 아닌가.

호수의 말 한마디에 난 모든 감각을 상실했다. 라면이 입으로 들어가는지, 코로 들어가는지도 몰랐다. 일사병에 걸린 듯 몸이 후끈해지고, 피부가 근질근질해졌다.

"내가 콩벌레면…… 넌 이거다."

보답하려고, 난 손끝으로 편의점 유리창에 붙여 둔 포스터 중 하나를 찍었다.

광고 포스터 속엔 백곰이 있었다. 곰은 시커먼 탄산음료 병을 들고서 입이 찢어져라 웃고 있었다. 호수는 물론 백곰처럼 뚱뚱하지 않다. 하지만 사람을 위로해 주는 곰의 푸근한 백색과 그 미소, 그것만은 호수를 빼닮았다.

"저 곰?"

"응. 딱이잖아! 하얗고, 착하고."

어라. 좋아할 거라 장담했건만 환하던 호수의 낯빛이 삽시간에 어두워졌다.

"하얀 건 맞는데. 뭐, 꼭 다 맞는 건 아니다."

말문이 턱 막혔다. 호수는 왜 어울리지도 않게 저리 어두운 표정을 짓는 걸까. 그러지마. 넌 순백의 화이트잖아!

"하긴. 넌 날 잘 모르겠지……."

방금 전까지만 해도 실실 웃음을 흘리던 그가 이맛살을 찌푸렸다. 내가 널 몰라? 입맛이 싹 달아났다. 난 먹던 컵라면을 한쪽으로 밀어 버렸다.

*

알바를 끝내고 오다가, 하필 대문간에서 아빠와 마주치고 말왔다.

"이년아, 어딜 매일 싸돌아다녀?"

난 고라니처럼 고개를 푹 숙였다.

"어쭈, 아빠를 꼴아봐? 집나간 니 에미년이랑 똑같이 생겨가지고, 에잇……."

아빠는 거나하게 술이 취했다. 그는 비틀거리면서 연거푸 바지춤을 추어올렸다. 찌든 알코올과 비릿한 지린내가 흘러나왔다. 나의 어둠을 한껏 짙게 만드는 또 다른 이유, 바로 아빠다.

당신 때문이잖아. 우리 집이 거렇게 된 건! 하고 악바리처럼 꽥꽥 소리를 지르려다 참았다.

"아빠, 취했어요. 그만 들어가서 주무세요."

어떻게든 그의 화를 돋우지 않으려고 화를 꾹꾹 눌렀다. 검은 집에서 나 나름대로 최대한 조용히 살아갈 길은 그것뿐이었다. 왜냐하면 난 아직 미성년자니까. 하다못해 키 작고 볼품없는 여자의 몸을 한 미성년자. 아무 힘도 없는 내가 홧김에 가출 따위 해봐야 뻔했다. 이 어둠을 벗어나서 또 다른 종류의 암연 속으로 빨려 들어가는 일밖엔 없을 것이다.

"누구 덕분에 입에 풀칠하고 사는데. 날 무시하지 말라고 했잖아!"

콰앙!

아빠는 한 발로 대문을 뻥 찼다. 그러고선 동네가 떠나가라 고래고래 괴성을 지르기 시작하였다. 곧 술주정의 끝 단계까지 가겠지. 제풀에 지쳐 내가 방에 미리 펴 놓은 이부자리에 몸을 뉘이고 코를 골겠지.

나는 푹 한숨을 내쉬며 그를 슬슬 지나쳐 갔다. 다가구 주택의 끝 집. 방 하나와 부엌 겸 거실이 하나인, 열 평 될까 말까 한 집. 그 어둠의 근원지로 들어갔다. 아무리 박박 문질러도 사방의 벽엔 오래된 곰팡이 때가 거무죽죽히 눌러 붙어 있었다. 꼭 내 인생에 들러붙어서 떨어질 생각을 하지 않는 기나긴 어둠처럼. 아빠라는 이름의 흑인(黑人)처럼.

"날 무시해? 이리 오라니깐!"

아빠가 뒤에서 내 머리채를 잡아채었다.

"까악! 씨! 아파죽겠단 말이야!"

입에서 비명이 터져 나왔다. 아빠는 모처럼 최종 단계까지 갈 모양이었다. 최근에 일하기 시작한 쓰레기 처리장에서 사람들이랑 또 싸웠나. 아님 도망간 엄마 생각에 사무쳐서 술김에 화풀이를 하려는 건가. 그래. 난 하루하루 자라고 있다. 엄마를 똑 닮아가고 있다. 어이 밉지 않겠는가.

"아파요!"

"우라질 것. 그런 눈깔로 쳐다보지 말랬지."

"아빠아!"

늘 그랬듯 그는 날 기다려 주지 않았다. 퍽퍽. 매서운 아빠의 주먹이 내 등을 강타했다. 최소한 얼굴만이라도 보호할 생각에 난 애처로운 복서처럼 두 팔을 머리에 올려붙였다. 그러곤 납작 웅크렸다.

웅크리고 있으려니 불현듯 호수가 말했던 콩벌레가 떠올랐다. 그의 말이 맞았다. 난 매 맞는 콩벌레였다. 지저분한 아스팔트를 누비는, 갈 곳 없는 콩벌레. 그 방황의 끝은 무엇인지…… 무서웠다.

아빠는 계속해서 맨주먹을 나에게 휘둘렀다. 도망갈 기력조차 없었다. 구석으로 숨어도 어떻게 해서든 내 작은 몸뚱이를 찾아내는 걸 알기에.

"너. 너 때문이야. 네 엄마 찾아오라고! 너만 없었어도!"

전신이 얼얼해졌다. 코피가 터진 건가. 주르르, 콧구멍에서 진득한 액체가 흘러 입술을 비집고 들어왔다. 수년 간 반복된 폭력으로 맷집이 단단해진 나라도 이쯤 되면 버틸 재간이 없었다. 정신이 혼미해졌다.

죄송해요, 아빠. 나만 없었어도 엄마가 가출하지 않았을…… 씨, 그럴 리가 없잖아!

난 마지막 끈만은 절대 놓지 않았다.

전부 당신 때문이야. 매일 술에 절어 약자인 딸을 분풀이 삼아 폭행을 일삼는 당신 때문이라고. 놔 줘, 아악! 아아아아악!

"개 같은 년. 나가서 죽어 버려!"

다음 순간 난 한 번 더 변이되었다. 몸을 둥글게 만 콩벌레에서 생명조차 없는 슬프고 딱딱한 바퀴벌레의 등딱지로.

바락바락 대응하지 않고 꼬리를 내린 딸에게 재미가 없어졌는지 마침내 아빠는 주먹을 거두었다. 그러고는 비틀비틀 부엌으로 가서 대자로 뻗었다.

"으윽."

난 등을 곧추 펴다가 신음소리를 흘렸다. 온몸이 가시투성이가 된 듯 쓰라렸다. 이건 다른 아이들은 모를 아픔이었다. 술독에 빠진 성인 남자에게 맨주먹으로 맞아 보지 않으면 결코 모를. 전신의 뼈들을 모조리 분해했다가 다시 하나하나씩 맞춰 가는 듯한 고통이었다. 이런 아픔과 고통 속에서도 가출하지 않는 내 자신이 대단하게 느껴졌다.

"씨발."

뜨거운 절망의 눈물이 두 볼을 적셔 갔다. 비틀린 입술 밖으로 거친 탄식의 목소리가 튀어나왔다.

"정말 죽기라도 하란 말이야? 응?"

멍든 마음에 작은 불꽃이 파싹 켜졌다. 분노가 크리스마스트리의 조명마냥 푸르른 빛을 발했다. 마치 이 순간만을 위해 그 어둡고 긴 시간을 쭉 웅크리고 있었다는 듯이. 아빠는 모른다. 웅크린 등딱지도 흉기가 될 수 있는 걸.

벼려진 시선으로 좁은 부엌 위를 빠르게 훑었다. 번쩍. 예리한 칼날이 보였다. 망설임 없이 식칼을 집어 들었다. 심장이 쿵쾅쿵쾅 빠르게 혈액을 뿜어냈다.

이건 범죄야. 폐륜이야.

하지만 갈등은 오래 가지 않았다. 또 등신처럼 맞고 싶은 거야? 그 생각에 결심이 섰다. 난 두 손으로 칼끝을 아래로 향하게 단단히 잡았다.

"후아, 후아……."

원초적인 숨소리가 새어 나왔다. 그 외에 이 작고 더러운 공간을 파괴하는 일을 방해하는 건 아무것도 없었다. 난 곯아떨어진 아빠의 목에 칼끝을 바짝 들이대었다. 대략 3센티미터. 그 아래서 아빠의 목젖이 오르락내리락했다. 고작 3센티미터만 앞으로 가면 됐다. 그러면 이 어둠은 완전히 끝이 날지도 모른다.

좋아. 난 참을 만큼 참았어. 이 어둠을 버리고 차라리 다른 어둠으로 갈아탈래!

나는 칼을 든 손을 한껏 높이 쳐들었다. 그를 찌르기 위해서.

"우리 공주님 주려고 아빠가 선물 사 왔지. 자!"

제기랄. 또 기억나고야 말았다.

그까짓 10년도 더 지난 빛바랜 추억이 뭐가 대단하다고 아직도 끌어안고 있는 거야. 잊어버려. 좀!

하지만 내 머리와 가슴이 주인의 말을 싹 무시했다. 머릿속에서 고전 영화가 상영되었다. 유리 테이프로 이어 붙인 필름들은 용케도 끊어질 듯 말 듯 끈질기게 흘러갔다. 흔들리는 화면 속에서 아빠는 큰 목젖을 오르락내리락하며 웃고 있었다. 카메라가 이동하자, 앞코가 반들반들한 검정 구두 한 켤레도 보였다. 내가 예닐곱 살 때였다.

감상에서 빠져나오려고 머리를 절레절레 흔들어 보지만, 칼을 든 손에서 힘이 슬슬 빠졌다. 그 빌어먹을 장면과 아빠의 요란한 웃음소리. 기억들은 잊을 만하면 어김없이 등장하여 날 괴롭혔다. 정말이지 끈질기게.

"어쩌라고. 씨발."

오늘도 그것에 지고야 말았다. 칼을 천천히 거두어들였다.

아빠는 세상모르고 잠들어 있었다. 난 가장 싸늘하고 무미건조한 어투로 말했다.

"당신 오늘…… 운이 억세게 좋은 줄 알아."

다음날 이른 새벽에 일어났다. 후다닥 교복을 꿰어 입고, 아빠를 피해 집을 빠져나갔다. 공원 화장실에 들러 아빠에게 맞아서 생긴 멍들을 가리는 작업에 돌입했다. 학교에 도착해서도 난 화장실부터 달려갔다.

그나마 얼굴은 봐줄 만했다. 하지만 교복 칼라 위로 언뜻언뜻

드러난 목이 시퍼렇다 못해 보랏빛이었다. 흡사 목에 푸르죽죽한 수건을 두른 듯하였다. 난 싸구려 비비크림을 꺼냈다. 목 주변에 두꺼운 바리게이트를 치듯 처덕처덕 바르기 시작했다.

한참동안 변기에 앉아서 울상을 지었다. 가리려 애쓰는 동안 멍들이 점점 더 진해졌다. 목 언저리가 보랏빛에서 검붉은 장밋빛으로 변해 갔다. 거머리처럼 들러붙은 멍들은 혐오감마저 불러 일으켰다.

원체 학교에서의 나란 존재는 미미하기 짝이 없었다. 굳이 멍자국에 대해서 설명해 주며 안심시켜야 할 친구도 없었다. 그러므로 오직 한 사람의 눈만 속일 수 있으면 그만이었다. 바로 호수 말이다.

목의 멍을 가리는 데만 치중하다 보니 수업 시작종도 놓쳤다. 일찍 등교하고서도 결국 1교시 수업에 늦었다. 내가 헐레벌떡 교실로 뛰어 들어가니, 교실은 텅 비어 있었다. 칠판에 주번이 커다랗게 써 놓은 글만 남아 있었다.

1교시 음악실로. 3반 남자 반과 합동 수업.

3반?

호수가 있는 반이다. 내 입이 헤벌쭉 벌어졌다. 혈관이 스타카토처럼 통통 튀어 올랐다. 목의 멍도 잊고서 말이다.

음악책을 낚아채어 복도를 질주했다. 연인과의 해후를 고대하며 기쁨을 감추지 못했다. 음악실 앞에 당도하자, 일단 멈췄다. 치맛자락을 꼼꼼히 매만지며 옷매무새를 가다듬었다. 가슴이 두 배로 봉긋해 보이도록 등줄기를 쫙 폈다.

"빨리 들어와."

음악 선생님의 날선 시선이 날 훑고 지나갔다.

난 죄송하다는 듯 만면에 미소를 머금고서 빈자리를 찾아 앉았다. 호수에게 선생님과 대적하는 모습을 보이긴 싫었다.

난 음악책을 방패로 세웠다. 그리고 나의 호수를 찾기 위해 고개를 쭉 뺐다. 어라? 웬일인지 그가 보이지 않았다. 난 뱁새눈을 하고서 다시금 좌석의 첫 줄부터 확인해 나갔다.

그때였다.

"죄, 죄송합니다!"

호수 목소리가 음악실 입구에서 들렸다. 수업 종이 울린 뒤 이미 15분이 지난 시각. 그는 문으로 각진 어깨를 쭈뼛쭈뼛 들이밀었다. 감히 들어가도 될는지 자신감을 잃은 태도로.

"넌 뭐야. 지금이 몇 시니. 일단 뒤에 가서 서 있어!"

서슬이 퍼런 음악 선생님의 눈총에 호수는 어쩔 줄을 몰라 했다.

불쌍한 녀석 같으니. 마치 야단을 맞는 게 나인 듯 속이 쓰렸다. 난 안절부절 못하면서 그를 힐끔거렸다.

"굼떠 가지고 뭐 하나 제대로 하는 게 없다니깐. 병신 새끼."

"흰둥이 새끼."

남자아이들이 낄낄대며 그에게 욕을 퍼부었다. 호수는 두 눈을 껌벅거리며 땀을 흘렸다.

흰둥이? 나는 경악을 금치 못했다. 비단 원색적인 호수의 별명 때문만은 아니었다. 교실에서 만난 그는 초라했다. 날 밝혀 주던 밤의 호수와는 현격히 달랐다. 그토록 눈부셨던 아우라는 자취를 싹 감추었다. 체내의 모든 기가 말라죽은 듯, 호수는 비굴했다. 스스로 무너지지 않기 위해 지탱하는 일만으로 벅차서 얼굴이 파리하게 죽었다.

저 녀석, 화이트가 아니잖아!

머릿속이 새하얘졌다. 여자애들도 흘끗흘끗 호수를 보며 분위기에 편승했다.

"쟤 3반 왕따야?"

"몰랐냐. 쟤 유명하잖아. 남자 반에선 흰둥이 흰둥이 하면서 인간 취급도 안 해."

"불쌍해라. 아 참, 이름이 뭐래?"

"전호수라고 그랬지?"

장호수야!

난 소리 높여 반박하지 못했다. 하얀 그의 몸에선 음산하고 축축한 아우라가 마구 풍겨 나오는 중이었다. 지구를 뒤흔드는 충격에 내 목구멍이 콱콱 막혔다. 더 이상 내 까만 밤을 즐겁게 해

주던 왕자님은 없었다.

다시 난 바퀴벌레로 돌아갔다. 등을 구부정히 움츠렸다. 차마 용기가 나지 않았다. 썩은 동태같이 죽어 버린 호수의 눈을 마주하며 손을 흔들 용기가.

*

음악 수업이 끝나고도 여전히 충격으로 비틀거렸다. 난 터덜터덜, 영혼 뺏긴 좀비마냥 헤벌쭉 입을 벌린 채로 복도를 걸었다.

어쩌다 시선을 돌리니, 호수가 보였다. 슬픈 나를 놀리기라도 하듯 저만치 앞서 걸어가는 그의 길고 널따란 등짝. 그 뒷모습은 어두운 그림자를 길게 드리우고 있었다.

기가 질렸다. 다가간 순간 내 몸까지 덥석 집어삼켜 버릴지도 모를 크고 두려운 그의 어둠에. 누가 알았겠는가. 화이트의 어둠이 블랙의 어둠 못지않게 짙고, 축축하고, 독하다는 사실을.

삼삼오오 무리를 지은 남자아이들이 그의 옆에 따라붙었다. 철썩. 키 큰 남학생 하나가 호수의 등짝을 후려갈겼다. 일부러 시비를 건 것이다.

"왜 늦었어, 인마?"

"그, 그게…… 음악실 수업인지 모, 몰라서……."

내 까만 동공들이 화들짝 커졌다. 나의 화이트 왕자 호수가 학교에서 말을 더듬으리라고는. 상상 불가였다.

"그러셨구나, 푸하핫."

"얼굴에 붓 칠 좀 하고 다니라니깐. 그래 가지고 친구가 생기겠냐. 내가 먹물 좀 부어 줄까?"

친구라는 단어에 자극을 받은 걸까. 꾹 참던 호수가 조그맣게 분노를 표시했다.

"나, 나도 있어."

"뭐가?"

"친구 있어, 있다고!"

하마터면 두 귀를 후벼 팔 뻔했다. 설마 날 말하는 건가.

호수가 두 주먹을 부르르 떨었다. 악의 무리에게 맞설 태세였다. 갑작스런 그의 반항에 남자애들이 더 신이 났다.

"이 새끼 왜 이래. 뭐 잘못 처먹었냐?"

"친구 좋아하네. 모지리야."

그럼, 그렇지. 나는 빠르게 평정을 되찾기 시작했다. 난 착각한 것이 아니었다. 호수는 화이트가 분명했다. 다만 암울하고 못된 그림자가 잠시간 그의 육체를 잠식하고 있을 뿐. 매일 양면의 빛과 어둠이 엎치락뒤치락 활개를 치는 학교 안에서도, 호수만큼 화려하고 완벽한 화이트는 존재하지 않는다. 그러니 어둠의 시기와 음모는 당연하다. 호수는 육체뿐만 아니라 마음까지 희디희다. 그 환하고 밝은 존재감에 결국 아이들에게 따돌림을 당할 수밖에 없는 비운의 주인공인 것이다. 호수는 차라리 스스로 모두를 따돌리고 당당히 설 수도 있었다. 약아빠질 대로 약아빠진 나처럼 말이다. 허나, 그는 절대 그러지 못한다. 그야말로 순백의 화이트니까!

심장이 화끈거렸다. 호수에 대한 감격과 애틋함이 치골까지 솟아올라 주체할 수 없었다. 화이트를 꼭 지켜야 했다. 새로운 임무가 생겼다.

나는 이를 빠득 갈았다. 옹골찬 발걸음으로 남자애들 무리로 무작정 돌진해 들었다.

"저리 꺼져! 호수를 내버려 두라고!"

목구멍이 찢어져라 고함을 질렀다. 이 보잘것없는 몸에 남은 건 오로지 깡다구와 사랑뿐이었다.

"넌 뭐야?"

"이야아아아압!"

짧은 두 다리로 되는 대로 발길질했다. 남자애들은 황당해하며 날 슬금슬금 피하기 시작하였다. 괜히 시끄러워질까 봐 귀찮은 기색이 역력했다.

"지안아!"

놀란 호수가 눈을 동그랗게 떴다.

맙소사, 어쩔 줄 모르는 그를 보자 가슴이 먹먹해졌다. 조금만 참아. 내가 구해 줄게! 남자애들을 향해 발악하는 중에도 난 그에게 환한 미소로 답하는 걸 잊지 않았다.

"재수가 없으려니까. 콩알만 한 게 지랄이네."

"가자, 가. 여자 반 앞이잖아. 쪽팔려. 퉤!"

남자애들이 발 빠르게 흩어졌다.

"가긴 어딜 가! 거지발싸개 같은 새끼들아!"

씩씩대며 쫓아가려는데, 호수가 그만하라는 듯 내 어깨에 손을 올렸다. 나는 비로소 멈추었다. 그를 마주보며 거칠어진 호흡을 가다듬기 시작했다.

"왜 그래."

그가 울먹했다.

"괜찮아?"

조금 진정이 되자 호수에게 살갑게 물었다.

"응…….."

호수는 민망해하며 몸을 꼬았다. 상당히 창피한 낯빛이었다. 혹시 나한테 학교에서 왕따를 당하고 있다는 비밀이 들통나 버려서 일까.

겨우겨우 비집고 들어가 마주친 그의 눈동자에 슬픔이 비쳤다. 호수는 여전히 괴로워하고 있었다. 치유되지 못하는 깊은 고통이 내비쳤다.

너도 겪구나. 아프구나.

별안간 목덜미의 멍이 욱신거렸다.

드디어 그의 아픔과 나의 아픔이 만났다. 씨줄과 날줄이 되어 교직하는 상처들처럼 우린, 우리의 어둠은 하나가 되었다.

"어어, 그럼…… 안녕, 지안아."

호수는 어깨를 축 늘어뜨린 채 뒤돌아섰다. 여전히 우리를 지켜보고 선 아이들의 시선을 부담스러워하면서.

미칠 지경이었다. 이제 겨우 하나가 됐건만. 이대로 그를 보내기 아쉬웠다. 한 가지 욕망이 날 지배하기 시작했다. 지금 이 순간, 호수 녀석을 뜨겁게 위로해 주고 싶다는 충동이. 호수의 깊은 슬픔을 깡그리 없애 주고 싶다는 충동이.

안 돼. 가지 마. 너까지 가지 마.

주체할 수 없는 감정으로 내 입술이 일그러졌다. 와락, 나도 모르게 호수의 기다란 몸을 끌어안았다. 까치발을 하고서 양 손바닥으로 그의 하얀 두 볼을 잡았다. 곧장 입술을 쭉 내밀었다. 호수의 입술과 만났다. 기겁한 호수의 목에서 헉 소리가 튀어나왔다. 아무도 모를 게다. 그의 작은 탄식조차도 귀여워서 보듬어 주고 싶은 나를. 내 마음속 검은 광기를.

"꺄악. 쟤들 뭔 짓이야!"

"쩐다!"

흥미를 잃고 가려던 아이들이 다시금 소용돌이를 치며 모여들었다. 그들은 우리를 에워싸고 야유를 쏟아 내었다.

문득 즐거워졌다. 차라리 내가 그들이 되어서 나와 호수가 키스하는 장면을 위에서 들여다보고 싶다는 생각이 들었다. 복도 가운데를 떡 하니 막고 서서 키스하는 하얀 소년과 시꺼먼 소녀라니. 하양과 까망이 어우러지는 광경이 장관이지 않을까.

물론, 우리를 구경하는 아이들의 생각은 전혀 다른 듯했다. 경악한 그들 눈에는 경멸감과 황당함만이 가득했다. 그래도 난 호수와 키스를 나눌 것이다. 위대한 우리의 해피엔딩을 위해서.

"이 새끼들! 당장 안 떨어져!"

마른하늘에 불호령이 떨어졌다. 누가 불렀는지 선생님들이 복도 끝에서 달려오고 있었다. 호수가 꼬물거렸지만, 난 집요하게 그를 놓지 않았다.

난 블랙. 그는 화이트. 아니, 아직 그는 블랙보다 더 깊고 검은 그림자를 드리우고 다니는 불안정한 화이트다. 우리는 물과 기름처럼 섞이지 않는다. 그를 완벽히 내 편으로 물들일 수 없다. 반대로 그가 날 하얗게 물들일 수도 없다.

아무렴. 섞이지 않아도 괜찮다. 적어도 난 그가 드리운 잿빛 그림자 속에 숨어 마음껏 호흡할 수 있을 테니까. 뻐끔뻐끔.

나와 호수를 제외한 모든 생물은 무채색일 뿐. 처음부터 그들에게 색깔을 입히고 싶지 않았다. 그럴 만한 가치라곤 요만큼도 없다.

"완전 미쳤어!"

우리를 둘러싼 야유와 함성소리, 그리고 칼날처럼 몸에 부딪쳐

오던 색색의 차가운 시선들은 차츰차츰 채도를 잃는다. 노랑, 파랑, 빨강. 천연의 색깔들이 줄을 이어 뭉그러진다. 나의 뇌리에서 천, 천, 히 사그라진다. 끝내 소멸한다.

난 그들을 지켜보며 마음껏 비웃어 줄 것이다. 빛들이 장례식을 치르는 모습을 말이다. 블랙은 색들의 찬란한 무덤이니까. 내겐 설탕도 인공감미료도 필요치 않다. 이 순간을 다시 되새길 때도 쓰디쓴 블랙커피 한 잔이면 충분하다.

버둥거리는 호수를 꽉 끌어안은 채 복도 창으로 창대하게 내리쬐는 햇발들을 노려본다. 부셔서 눈이 멀 듯했으나, 눈을 결코 감지 않는다.

차라리 저 빛들을 모조리 흡수해 버릴 테다. 난 궁극의 블랙이 될 것이다.

작가의 말

자음과모음 청소년문학 '70권 기념소설집' 출간을 축하드립니다!

뜻깊은 소설집에 「소녀 블랙」이 함께할 수 있어 기쁩니다.

아이들은 곧잘 색으로 자신을 표현합니다.

소녀들은 볼에 비비크림을 하얗게 바르고, 입술을 갓 딴 체리를 먹은 듯 새빨갛게 칠하죠.

머리카락을 핑크로 염색하고 핑크 문구만 쓰는 아이도 있죠. 또 어떤 아이들은 새까만 머리카락으로 눈을 가리고, 까만 티셔츠를 입고, 까만 운동화를 신고요.

그러다 보면 색에도 감정이 물씬 생깁니다. 그 색깔이 곧 나 자신이 됩니다.

걱정하지 마세요들. 타고나게 나쁜 색은 없습니다. 모두 의미가 있습니다.

지금 열심히 숨 쉬고 있다, 그 사실 하나만으로도 모두가 좋은 색입니다. 아름다운 색입니다.

공 지 희

영화처럼 세이셸

공지희

어릴 적 책을 많이 읽지 못했고 주로 약수동 산동네에서 뛰노느라 바빴다. 어른이 되어서는 가장 반짝거렸던 장충동 여중 시절과 그때 친구들을 종종 그리워한다. 사춘기 시절, 소설의 재미를 알게 되었지만, 책보다는 비와 장화, 행선지 없이 버스 타는 놀이를 훨씬 더 좋아했다. 도서관 책장들 사이에 들어설 때 가장 설레며, 사막과 낙타, 오로라가 궁금하다. 어릴 적부터 품었던 화가가 되고 싶다는 꿈은 아직 포기하지 않았다. 청소년들에게 작으나마 힘이 되는 한 편 한 편의 소중한 이야기를 보태어 가며 청소년들과 오래 함께하고 싶다.

2001년 《대한매일》 신춘문예에 「다락방 친구」가 당선되어 작가로 활동하기 시작했다. 그리고 2003년 『영모가 사라졌다』로 황금도깨비상을 수상하였다. 『착한 발자국』 『마법의 빨간 립스틱』 『이 세상에는 공주가 꼭 필요하다』 『안녕, 비틀랜드』 등 동화책을 썼고 2014년 청소년소설 『톡톡톡』으로 제4회 자음과모음 청소년문학상을 수상했다.

1

나는 아무래도 떠나야겠다. 요즘 들어 부쩍 이런 생각을 자주 했다. 그래야 살 것 같아서. 이것도 물론 생각에만 그칠 수 있다. 나는 늘 그래 왔으니까.

생각은 많았어도 정작 실천에 옮긴 일은 별로 없는 인생을 살아왔다. 엄마의 생각, 친구의 생각, 그리고 나를 둘러싼 사람들의 생각에 맞춰 살아온 날이 훨씬 더 많다. 그게 나다. 고등학교를 졸업하고, 2년이 지난 지금도, 나는 내 생각이라고는 티끌만큼도 없이 살아가고 있는 중 아닌가.

대학 입시에는 두 번 떨어졌고, 이제 세 번째 도전을 앞두고 있다. 엄마의 계획에 따른 실천이다. 엄마가 원하는 대학에 들어갈 때까지 나는 엄마의 생각을 실천으로 옮기며 살아가야 하는 운명일지도 모른다.

매우 비관적이다. 시간이 지날수록 성적은 점점 나빠지고 있다. 천재지변이 일어나서 수능생 절반 이상 죽는다든가, 행운의 여신이 잠깐 돌아서 내 편이 되어 준다면 몰라도, 지금의 성적으로는 어림도 없다.

엄마는 협박했다. 아무 대학이나 갈 생각 마라. 번듯한 직업도 없이 알바나 하면서 사느니, 호주에 있는 이모네 세탁소에서 일이라도 도우며 사는 게 낫다. 세탁이라니……. 나는 내가 신은 양말도 빨기 싫어하는 놈이다. 남의 빨래를 하면서 살고 싶진 않다. 엄마는 쪽팔리는 아들일랑 먼 곳으로 날려 버리겠다고 협박을 한 것이다. 젠장.

지난 달, 명우가 간절하게 부탁하는 바람에 열흘간 알바 땜빵을 했다. 학원 수업까지 땡땡이를 치고 일했다. 친구의 부탁도 부탁이려니와 돈이 생긴다니 나도 좋았다.

대타 알바니까 주방장 눈치 볼 일도 없었고, 입이 건 사장 잔소리를 한 귀로 듣고 한 귀로 흘려버려도 되었다. 설거지나 쓰레기 수거하는 일은 그리 어렵지 않았다. 하지만 냉동 토종닭을 녹여서 뚝배기에 담는 일은 쉽지 않았다.

명우는 내가 닭을 잘 못 만진다고 했을 때 "그냥 하다 보면 내

목을 만지는 느낌이 들어. 아무렇지도 않게 돼." 하고 말하며 제목을 더듬었다.

물에 담가서 녹기 시작한 닭의 흐물흐물한 껍질은 정말로 사람 살갗 같은 느낌이 들었다. 목이나 겨드랑이나 사타구니를 만지는 느낌. 그 뒤로 내 목이나 겨드랑이, 사타구니를 만질 때마다 닭 생각이 났고, 내 몸에서 닭 냄새가 나는 것만 같아서 닭은 아예 먹기가 싫어졌다.

기약 없이 언제까지나 그 일을 해야 했다면, 나는 한 달도 버티기 힘들었을지 모른다. 그런 일을 1년도 넘게 해 온 명우가 자랑스럽기까지 했다. 나는 열흘 정도만 하는 일이니 꾹 참고 열심히 했다. 명우는 삼수생이면서 친구의 사정을 이해해 주고 땜방을 해 주는 나의 우정에 감동받았다며 일당에다 자기 나름으로 더 넉넉히 얹어 주겠다고 했다.

하지만 약속은 지켜지지 않았고 나는 한 푼도 받지 못했다.

명우가 월급을 받던 날, 돈을 받으러 나오라는 명우 연락을 밤늦게까지 기다리다가 결국 내가 먼저 전화를 걸었다. 명우는 전화를 받지 않았다. 밤늦도록 열 통도 넘게 전화를 걸었지만 통화를 하지 못했다. 그리고 다음날 늦은 아침에서야 술이 덜 깬 목소리로 전화를 받았다. 명우는 사장이 알바비를 준다고 했으니 식당에 가서 직접 받으라고 했다.

나는 식당을 찾아갔다. 닭 삶는 냄새가 가득한 주방에서 사장이 머리를 닭처럼 쑥 내밀었다. 그러고는 명우가 어제부로 식당을 그만뒀고, 일당은 명우에게 다 지급했다고 했다. 나는 그럴 리가 없다며 고개를 저었다. 돈을 사장님에게 직접 받으라고 친구가 말했다며 목소리를 높였다. 사장은 펄펄 끓는 삼계탕을 들고 다가오며, 그럼 내가 지금 거짓말한다는 거냐고 물으며 눈알을 희번덕거렸다. 나는 물러설 생각이 없었다.

"내 친구 명우는 거짓말하는 애가 아니거든요. 얼른 제 돈 주세요."

사장은 길게 혀를 찼다.

"쯧쯧쯧쯧…… 정신 차려! 멍청한 친구야. 그런 사기꾼 같은 놈이랑 어울리다가는 신세……."

사장은 뒷말은 생략하고 주방 안쪽으로 들어가 버렸다.

나는 멍하게 서서 생각했다. 누가 거짓말을 하는 걸까? 누구든 한 명은 나를 속이고 있는데……. 갑자기 닭 비린내가 울컥 속을 뒤집어 놓았고 나는 의도치 않게 가게를 뛰쳐나와야만 했다. 명우에게 전화를 걸었는데 받지 않았다. 그리고 그다음부터 코빼기도 볼 수가 없었다. 제기랄. 뒷머리가 갑자기 쑤셔 왔다. 완전 제대로 맞은 건가? 뒤통수?

이틀 뒤, 원수를 외나무다리에서 만났다. 지하철역을 내려가다가 아래서 올라오는 명우놈을 발견했다. 신은 그래도 내 편이라고 생각했다. 그때까지는.

나는 휴대전화를 들여다보며 히죽거리는 명우의 팔에 철거덕, 팔짱을 꼈다. 명우가 놀란 가슴을 부여잡고 버럭 화부터 냈다.

"깜짝이야. 놀랐잖아. 새끼야."

명우의 기세에 움츠러들려는 목을 빼고 간신히 말했다.

"내 돈 내놔."

명우는 내 손에서 빠져나가려고 애를 썼고, 나는 그놈의 팔을 잡고 놓지 않으려고 기를 썼다. 우리는 얽힌 채 뒷골목으로 들어섰다.

"아이, 새끼. 쪽팔리게."

언성을 높이는 명우를 보고 있자니 잠깐 혼란스러웠다. 이게 아닌가? 내가 잘못하고 있는 건가?

화를 내는 사람, 나를 다그치는 사람 앞에서는 정말 정신을 차리기 힘들다. 나중에 정신을 차려 보면 내 잘못이 아니었던, 억울했던 적이 한두 번이 아니었다. 나는 기세등등한 사람 앞에서는 말도 잘 못하고, 생각이 정지되는 몹쓸 병이 있다. 겨우 정신을 다잡고 한마디했다.

"지금 나한테 큰소리치는 거야?"

명우는 조금 부드러운 톤으로, 가게 사장이 돈을 안 주더냐며, 딴소리를 했다. 그 사장이 원래 알바비 떼먹기로 소문 난 사람이라고.

"그럼, 너도 못 받았어?"

"나도 못 받았지. 에이, 더러운 세상!"

명우는 더러운 세상에다 침을 뱉었다.

"그럼, 사장이 줄 거라고 네가 한 말은 뭐야. 내 알바비만 사장이 따로 준다고 했다면서?"

"아…… 그건, 사실이야. 너도 나도 사장한테 받으러 가야 해."

"뭐야? 그럼, 우리 둘 다 못 받는 거야?"

"무슨 소리야. 못 받는다니? 받아야지. 씨발. 그런 놈들한테는 꼭 받아야 해. 개고생해서 겨우 쥐꼬리만큼 받는 건데, 그것도 안 주려고 하는 악질 새끼한테는 꼭 받아야지. 암."

나는 분기탱천해서 말했다.

"우리 둘이 쳐들어가자. 가서 버티는 거야. 돈 줄 때까지 꼼짝도 안 하면 되잖아. 월급도 못 받았는데, 왜 그만뒀어? 이 바보야. 아예 못 받으면, 어떡할 건데?"

명우는 친절한 톤으로 말했다.

"그러게. 둘이 받으러 가자."

"지금 가자."

나는 명우의 팔목을 잡아끌었다. 명우는 재빨리 팔을 돌려 뺐다.

"아! 새끼. 눈치 더럽게 없네. 나 지금 바쁜 거 안 보여?"

명우는 휴대전화를 켜서 시간을 확인하고는 짜증이 가득한 얼굴로 침을 퉤 뱉었다. 나는 더 이상 안 되겠다는 생각이 들었다.

"알았어. 어쨌든, 내 돈은 꼭 받게 해 줘. 나는 네가 부탁해서 일한 거니까. 네가 책임질 거지?"

"책임? 알았어. 책임지고 받아 줄게."

"그럼, 언제 만날까? 약속을 하자."

"아이, 진드기 새끼! 내가 그 돈 떼먹고 토끼기라도 할 거 같아? 사장이 안 주면 내 돈으로 주면 될 거 아냐. 몇 푼 안 되는 돈 가지고, 친구 사이에 더럽게 쩨쩨하게 구네. 찌질이 새끼."

"몇 푼이라니? 사십만 원인데."

"뭐? 사십만 원?"

"그래. 그리고 거기다가 네가 넉넉히 더 얹어 준다고 했잖아."

"내가 언제? 이 새끼가 아주 겁대가리 없이 덤터기를 씌우네."

명우는 바닥에 침을 뱉고 주먹을 쥐어 우두둑 소리를 냈다. 그러고는 주먹으로 내 가슴을 쿵쿵 두들겼다.

"아! 이 해맑은 새끼, 많이 컸다. 봐주려고 했더니."

순식간에 주먹이 왼쪽 턱으로 날아왔다. 그렇게 아프진 않았다. 하지만 가슴 안쪽이 얼음송곳으로 찌르는 것 같이 아팠다. 나는 명우 쪽으로 고개를 돌리지 않았다. 얼굴을 볼 수가 없었다. 입에서 뭔가 터져 나올 것 같아서.

잠시 뒤, 명우는 목소리를 가라앉히고 내 어깨에 손을 얹었다.

"친구야. 미안하다. 내가 지금은 가야겠어. 급한 일이 있거든. 킥킥! 소개팅 가는 중이야. 진짜로 예쁜 애래. 너두 알지? 내가 얼마나 오랫동안 외로웠는지. 어쨌든 내일이나 모레 돈 받으러 가자. 안 그래도 오늘 만나는 애한테 너랑 어울릴 만한 예쁜 친구 소개해 달라고 말해 뒀어. 좋지?"

나는 끝까지 명우 얼굴을 보지 않은 채 보내 버리고 말았다.

다음날, 그 다음날도 명우에게 전화를 했지만, 다시는 명우 목소리를 들을 수가 없었다. 또 뒤통수를 맞고 말았다.

혹시나 해서 식당에 한 번 더 가 봤다. 펄펄 끓는 삼계탕을 나르던 사장은, 내가 말을 꺼내기가 무섭게 나에게 삼계탕 뚝배기를 던지려고 했다. 그러고는 경찰에 신고하겠다고 으르렁거렸다. 나는 사장이 따라 나와 뚝배기를 던질까 봐 겁이 나서 얼른 옆 건물 화장실에 숨어들었다. 변기에 걸터앉아서 생각했다.

다 자업자득이다. '한 번 속지 두 번 속냐'는 말은 나 같은 놈에게는 해당되지 않는다. 두 번도 속고 세 번도 속고…… 그러고 보니, 명우와 이런 일이 처음은 아니었다. 중학교 때부터 지금까지 열 번쯤은 뒤통수를 맞았던가. 왜 그걸 잊었지? 왜 그렇게 중요한 사실을 잊어버리고 있었을까. 나는 그런 인간이니까. 친구놈에게 늘 뒤통수나 맞는.

명우의 얼굴을 다시는 보고 싶지 않아졌다. 절대로 다시는……. 나는 아무래도 떠나야겠다.

학원 강의실 칠판에는 크고 검은 숫자판이 있다.

숫자가 어쩌면 저리도 위협적일 수 있을까. 똑바로 마주보기 힘들 정도로 대단한 파워가 느껴진다.

문학 수업. 목이 짧은 강사는 졸라 맨 듯한 줄무늬 넥타이가 갑갑한 듯 왼쪽으로 오른쪽으로 돌리는 습관이 있었다. 그 모습을 볼 때마다, 이상하게도 내가 답답해져서 단추를 풀고야 마는 버릇이 생겼다.

그날도, 강사가 네 번쯤 넥타이를 움직였고, 그때마다 나도 셔츠 단추를 하나씩 풀었다. 건너편에 있던 여학생은 혐오스럽다는 듯한 표정을 날리고 수업이 끝나자마자 도망치듯 강의실을 나갔다. 나는 정신을 차리고 단추를 채웠다. 조금 있다가 학원 직원이 들어와 나를 사무실로 끌고 갔다. 반성문을 쓰고 나서 강의실로 돌아왔다. 빈 강의실에서 검은 숫자를 똑바로 노려봤다. D-18.

노래를 불렀다.

"디데이 그날이 오면 디데이 나는 수능시험을 볼 것이다. 디데이 저 숫자는 나와 무슨 상관이 있는가. 디데이 디데이."

상담 시간이 되자 부원장이 말했다. 늘 하던 멘트.

"넌, 열심히만 하면 서울대도 갈 놈이야."

뭐야? 그 소리는 벌써 2년째 듣고 있잖아. 그만해. 하고 속엣말을 했다. 이어서, 그런 식으로 우리 엄마에게 그렇게 사기 치지 마요, 라는 말도 덧붙이며.

그 사람의 사기는 엄마에게 희망이 되었다. 가짜 희망을 품고 엄마는 지금부터 남은 18일을 간절하게 보낼 것이다. 열심히만 하면, 서울대 갈 만큼 열심히 하면, 서울대 못 갈 사람이 어디 있어. 이 말 역시 입 밖으로 뱉지는 못했다.

부원장은 측은해서 죽겠다는 얼굴로 나에게 카페인 범벅인 붉은 깡통 음료 하나를 내밀었다. 그의 핏발 선 눈동자가 깡통 빛깔과 닮았다.

"컨디션 어때?"

나는 붉은 깡통을 술잔처럼 들어 올리며 대답했다.

"좋아지겠죠."

부원장이 퍼허허허 웃음을 터뜨렸다.

"그래. 이제 얼마 안 남았으니까, 최선을 다하자. 노는 건 대학 가서 실컷 하면 되고."

놀다니. 이런 사기를 또 치시네. 요즘 대학생들이 고딩보다 훨씬 더 죽살나게 공부한다는 사실을 모르는 사람이 어디 있다고. 고등학교 4학년이 되었다가, 반수하겠다고 돌아온 애들 말을 어디 한두 번 들었던가. 어차피 온 세상이 공부는 평생 하는 거라고 떠들어 대는 판인데. 입학, 취업, 승진, 인생 제2막 평생학습…….공부하다 죽으려고 태어난 호모사피엔스. 그 가운데 끼어서 죽을 맛인 나란 인간. 아무래도 떠나야겠다.

오랜만에 집에서 영화를 보기로 했다. 영화를 끊은 지 벌써 몇 년인지 모르겠다. 아버지 생각을 하지 않으려는 노력 가운데 하나였다. 감춰 뒀던 CD를 꺼내 하나씩 보기 시작했다.

엄마가 출장을 가고 나면, 아버지는 주로 집에 박혀 영화를 봤다. 아버지는 영화광이었다. 그리고 오래 전, 아버지 말로는 '피가 펄펄 끓을 적'이라고 하던 그때, 영화를 만드는 감독이기도 했다. 아버지에게 배 감독이라고 부르는 사람도 있었다.

아버지는 '일평생 남을' 영화를 만들고 싶었다고 했다. 하지만 결혼을 하고 나를 낳으면서, 그 일은 언젠가는 이루고 싶은 꿈이 되었다고 했다. 집을 떠난 아버지는 지금쯤 그 꿈을 찾아가고 있을까? 글쎄다.

거실이 우리의 영화관이 되면, 어린 나는 신나고 설레서 콩콩 거렸다. 팝콘을 튀기고 한치를 구워 놓고 빔 프로젝터를 쏘면 흰 벽이 꽉 차도록 신기한 세상이 펼쳐졌다. 신비하고 야릇한 세상, 멋지고 사랑스럽고 괴기스러운 주인공들이 나타났다. 마치 벽속에 꼭꼭 갇혀, 누군가 불러 주기만 기다렸다가 냉큼 튀어나오는 요정들 같았다.

거실 영화관에서 우리는 최대한 편한 자세로 맥주를 마셨다. 나도 맥주를 마실 수 있었다. 아버지는 나를 위해 맥주를 만들어 줬다. 물과 맥주를 8 대 2의 비율로 섞은 밍밍한.

"내년에 조금 더 크면 진하게 섞어 드릴게요. 손님."

하면서, 내 잔을 부딪쳤다. 아버지가 맥주를 삼키면 목울대 안에 숨은 복숭아씨가 꿀렁꿀렁 움직였다. 나는 그게 신기하고 부러웠다. 그때, 맥주라면 목울대지, 하는 신념이 생겼다. 내 목울대는 움직이지도 않았고, 맥주도 그다지 맛있는 줄 몰랐지만, 그래도 아버지표 맥주가 나는 좋았다.

영화에 빠져 홀딱 정신을 놓다 보면, 2리터 정도의 맥주가 다 비워져 있었다. 아버지는 몇 편이고 밤을 새워 보는 날도 있었다. 하루는 아버지와 새벽까지 영화를 보다가 다음날 둘 다 지각을 하고 말았던 적도 있다.

아버지는 이렇게 말했다.

"화가 날 때 영화를 보면, 내가 왜 화가 났더라 하면서 다 잊어버리게 돼. 너는 안 그러니?"

"그럼 영화를 볼 때마다 아빠는 화 난거였어?"

"큭큭! 그런 것만은 아니야. 기뻐서 보고, 슬퍼서 보고, 둘 다 아닌 어정쩡할 때도 보고……. 어쨌든 아무 때고 무턱 대고 좋아."

그게 진정한 영화광의 자세라는 걸 나중에 알았다. 아버지는 나와 보냈던 그 시간을 기억하고 있을까?

혼자 보는 영화는 그다지 재미있지 않았다. 그냥 영화가 흘러가는 대로 두고 다른 생각을 하는 게 편했다. 아버지를 떠올리기도 하고, 아버지처럼 맥주를 마시기도 했다. 되감기를 눌러 영화가 거꾸로 돌아가는 모습을 보는 것은 아버지의 괴팍한 취미 같은 것이었다. 그런 아버지를 이해하지 못했다. 그때는.

"아빠. 왜 그래?"

"재밌잖아."

"거꾸로 보니까 무슨 내용인지 이해가 잘 안 돼."

"이해하지 않아도 돼. 그냥 느끼기만 해."

지금, 영화를 거꾸로 돌려 보니…… 좀 알 것 같다.

명장면이 나오거나 신기한 장면이 나오면 나는 아버지의 표정을 살폈다. 나는 이렇게 신이 나는데, 이렇게 슬픈데, 이렇게 심장이 쫄깃거리는데, 이렇게 가슴 뻐근한데…… 아버지도 그랬을까?

멋진 영화를 보면서, 빨리 끝날까 봐 조마조마하면서도 아버지를 돌아봤었지. 그때, 영화에 빠져 있어서 아들이 자기를 바라보고 있는 줄도 모르던 아버지의 얼굴. 화면이 바뀌는 순간. 빛바랜 주홍빛이 드리우다가 푸른빛으로 바뀌던 아버지의 얼굴. 그때, 아버지는 무척 낯설었다. 마치, 다른 별에서 날아와 잠깐 내 옆에 앉아 있는 외계인 같았다. 영화를 만들고 싶은 꿈을 포기하지 않은 외계인.

아버지를 생각하다 설핏 잠이 들었다. 꿈에서 거북이가 나왔다. 마리온.

마리온은 우리 집 문을 나가 계단을 올라간다. 어느새 옥상 난간에 올라섰다. 마리온은 뒷다리로 버티고 꼿꼿하게 서 있다. 발에는 모래가 묻어 있다. 마리온은 두 앞발을 펼친다. 날개가 솟아난다. 마리온은 뒤를 돌아다보면서 말한다.

"쉬었다 가자. 쫌. 인생 뭐 있어?"

놀라 잠이 깼다. 그러고 보니, 마리온이 안 보였다. 마리온은 집에서 키우는 거북이다. 마리온! 하고 부르면 고개를 빠끔 내밀던 녀석의 집이 텅 비어 있다. 언제부터 보이지 않았는지, 기억이 또렷하지 않았다. 며칠 전부터 못 본 것 같기도 하다.

"마리온! 어디 갔어. 이리 나와서 영화 보자."

영화는 계속 돌아가는 중이었다.

거북이가 또 어디로 숨은 거라고 생각했다. 아버지가 집을 떠난 후, 마리온은 자주 숨었다. 처음에는 찾아내려고 애를 썼지만, 나중에는 그냥 그러려니 했다. 거북이 밥그릇에 사료가 조금씩 줄어 가는 것으로 마리온은 자기가 어딘가에 살고 있다는 티를 냈고, 어느 날 무심코 베란다를 내다보면, 시치미를 뚝 떼고 제 집에 엎드려 있곤 했다. 우리 집 늙은 반려동물은 그렇게 있는 듯 없는 듯 자신의 존재감을 조금씩 지워 가고 있었는지도 모른다.

가만히 보니, 며칠 전에 준 사료가 조금도 줄지 않았다. 귀찮지만 또 숨바꼭질을 해야 했다. 부엌 냉장고 옆, 식탁 아래, 소파 아래, 화장실 변기 뒤, 어디에도 녀석은 없었다.

집을 나간 걸까? 나갔다면, 어디로? 현관문 말고는 출입을 할 만한 공간이 없는데, 베란다 출입문은 거의 닫아 놓는 편이고. 마리온도 아버지처럼 탈출한 걸까?

마리온은 나의 거북이었다. 나보다 먼저 이 세상에 태어났고, 내가 아기였을 때부터, 마리온은 나보다 먼저 집에서 한구석을 차지하고 있었다. 아버지의 반려동물에서, 나의 반려동물로 이어졌다. 나의 친구이기도 했던 마리온은 아버지가 집을 떠난 2년 전쯤부터, 급속히 식욕이 떨어졌다. 엄마는 마리온에게 관심이 없었다. 나도 인생에 가장 바쁜 시절을 보내던 터라, 자연스럽게 마리온은 안중에도 없게 되었다.

어릴 적에는 마리온에게 많은 걸 배웠다. 만사 귀찮은 표정 짓기, 거꾸로 걷기⋯⋯. 마리온은 특이하게도 가끔 거꾸로 걷는 행동을 보여 줬다. 그리고 시간과 싸우는 법까지. 한 시간이고 두 시간이고 꼼짝 않고 엎드려 있는 것은 마리온의 주특기였다.

움직이는 영화 화면에 계속 눈을 두고 마리온을 생각했다.

영화인지 내 생각인지 모를 모호한 장면을 본다. 거북이가 나타난다. 동그스름하고 두툼한 집을 등에 메고 짧은 다리를 곧추세워서 앞발로 현관문 손잡이를 비틀어 문을 열고 천천히 느리게 걸어 나가는 마리온. 왜 그런지 문을 열고 나가는 아버지도 보인다. 천천히 문밖으로 나간 거북이가 목을 돌려 커다란 눈으로 나를 본다.

얼마나 오랫동안 마리온을 잊고 있었는지 미안해졌다. 내일 아침 마리온을 찾아봐야겠다. 마리온도 그런 생각을 했을까? 이제는 정말 떠나야겠다고?

　영화는 계속 돌아가고 있었다. 아버지와 함께 봤던 영화였다. 검은 단발머리 여자가 눈을 감은 채로 세계지도의 한 곳을 손가락으로 찍는 모습이다. 그 여자는 손가락이 가리킨 낯선 곳으로 떠난다. 무작정. 여자의 영혼은 무척이나 자유로워 보인다. 가야 할 곳을 손가락에 맡기는 자유. 용감하게 보인다.

　영화는 끝나도 장면은 남는다고 아버지가 그랬었지. 그때, 이 영화를 보고 나서, 나에게는 그 장면이 남아 있었다. 나도 꼭 저렇게 해 볼 거라고 마음먹었는데……. 잊고 있었다. 마음먹는 건 잘하지. 하지만 거기서 끝나는 게 나란 놈의 특기다.

　영화를 보고, 아버지를 떠올리고, 마리온을 찾고……. 엄마와 명우, 수능까지 남은 18일……. 내 머릿속에는 온갖 생각들이 떠다니는데 영화는 계속 돌아가고 있었다. 영화 속 검은 단발머리는 자기 손가락으로 짚은 세계지도 속의 그 어딘가를 향해 떠났다. 나도 할 수 있을까? 나도 모르게 벌떡 일어섰다. 그리고 세계지도를 바닥에 펼쳐 놓았다. 왼손에 펜을 들고 눈을 질끈 감았다. 그리고 생각했다.

　나는 지금 진심인가? 술기운 때문인가? 그래, 진심이다.

　지도를 향해 펜을 내리찍었다. 눈을 떠 보니 펜 끝은 인도양 어딘가에 콕, 찍혀 있었다. 아프리카 대륙 오른쪽 마다가스카르 섬에서 한 시 방향 위쪽. 바다 위에 밥풀떼기 같은 작은 점들이 찍혀 있는데 그중 내가 찍은 한 곳은 '세이셸'이라는 섬이었다. 난감했다. 섬이라니. 유럽이나 미국이나 호주, 이런 데라면 좋았을 텐데……. 다시 찍을까? 아니다. 한방에 쿨하게 행동한 그 사람, 영화 속 단발머리 아줌마에게 지는 것 같았다. 속에서 꼿꼿한 심지가 쑥 올라왔다. 나도 할 수 있어.

인터넷으로 그 밥풀떼기만 한 섬에 대해서 찾아보았다. 사진으로 보는 섬은 무척 신비로웠다. 한적한 해변, 하얀 모래, 푸른 물, 초록빛 바다, 몽롱한 햇빛, 오밀조밀 소박한 마을……. 그리고 우뚝 버티고 서서 카메라를 또렷이 응시하고 있는 거북 한 마리. 녀석은 마리온을 닮았다. 마음이 끌렸다. 쉬어 가자 쫌. 인생 뭐 있어.

다음 날, 여행사에 찾아가 비행기 표를 샀다. 그리고 열흘 뒤, 비행기를 탔다. 수능 D-7이었다. 엄마에게는 편지를 써 두었다. 가서 천천히 연락하겠다고.

비행기가 붕 뜨는 순간 눈물이 한 방울 생겼다. 나는 지금 왜 여기 있는 거지? 다시 돌아올 수 있을까?

2

한국을 떠난 지 열여섯 시간쯤 지났을까. 두 번째 갈아탄 비행기가 세이셸 공항에 쿠궁, 바퀴를 댔다. 그때서야 심장이 두근거리기 시작했다.

단정하고 소박한 공항은 한산했다. 시계는 오후 두 시를 가리키고 있었다. 공항을 나오자, 더운 공기가 몸에 달라붙었다. 활주로 옆으로 바다가 보이고 맑은 햇볕이 머리를 내리 쪼았다. 사진에서 보던 그 빛이 맞았다.

슬슬 땀이 나기 시작했다. 두꺼운 재킷을 벗어 배낭끈에 걸치고, 셔츠의 팔뚝을 걷어 올렸다. 어디로 가야 할까? 고민거리는 아니었다. 밤이 되기 전까지 어디엔가 숙소를 구하면 될 것이고, 배는 아직 고프지 않았다.

버스 승강장에서 가장 먼저 오는 버스를 타리라. 처음부터 정해 놓은 행선지도 없으니, 그냥 타고 가다가 아무 데고 내리면 그만일 테니까.

10분 뒤, 손님이 열 명도 안 탄 버스가 출발했다. 젊은 커플 두 쌍과, 나이 든 중년 한 쌍, 그리고 청년 두 사람이 각각 앞쪽과 뒤쪽에 앉았다. 나는 뒤에서 두 번째 좌석 창가에 앉았다.

유리창 너머로 보이는 경치는 비현실적으로 아름다웠다. 바닷가를 따라 이어진 도로는 넓은 모래와 밭들과 키 작은 올리브 나무와 포도 농장을 지나쳤다. 가는 곳마다 여지없이 바다가 있었다. 가깝거나 멀게. 초록빛으로 파란빛으로 맑은 빛으로. 거리와 깊이마다 다른 빛깔을 보여 줬다. 바다가 참 많기도 하네…… 하고 생각하다가, 아참, 여긴 섬이지. 피식 웃음이 나왔다. 마음이 편안해지고 행복했다. 자신감이 뿌듯하게 차올랐다. 내가 해 낸 거야. 나도 이렇게 할 수 있는걸.

엄마 얼굴이 떠올랐다. 경치 좋은 곳에 가면 같이 오고 싶은 사람이 떠오른다던데…… 왜 하필 엄마야. 상상도 못 할 일을 벌인 아들 때문에 하늘이 무너졌을 엄마.

먼 바다 위에 작은 요트와 보트들이 움직이는 게 보였다. 아버지라면, 같이 오고 싶을지도 모르겠다고 생각했다. 스크린 속 주인공들이 살아 움직이던 어두운 거실 영화관. 아버지 옆구리에 찰싹 붙어 과자를 먹고 아버지의 무릎을 베고 잠들던 기억. 아버지의 꿈꾸던 눈빛. 그리고 커다란 가방을 메고 집을 떠나던 뒷모습.

버스는 그림 같은 풍경 속을 꼬불꼬불 달리고 있었다. 차도로부터 떨어진 바다 주변에는 호텔들이 간간히 나타나고, 수풀 속에 리조트 단지가 보이기도 했다. 걸어갈 수 없는 거리였다. 저렇게 호화로운 숙소는 주머니 사정상 사양해야 하고. 마을이 보이는 곳에 내려서 게스트하우스를 찾아볼 작정이었다.

자꾸 눈꺼풀이 감겼다. 햇살이 따뜻하니까, 의자가 편안하니까, 다른 사람들도 다 잠을 자고 있으니까 마음이 늘어졌다.

그러다가 누군가 내는 큰 목소리에 눈이 떠졌다.

"This is the end of the line!(여기가 종점이에요!)"

버스 기사가 뒤를 돌아보며, 큰 소리로 외치는 중이었다. 기사는 검지손가락으로 버스 밖을 가리키며 또박또박 외쳤다.

"Last! Last station!(마지막! 종점이라고!)"

정신을 차리고 보니, 버스 안에는 나 혼자 남아 있었다. 허겁지겁 버스에서 내렸다. 항구가 있는 아주 한적한 작은 마을이었다. 드문드문 낮은 건물이 보였다. 숙소가 있을 만한 곳이 있나 살펴보다가 일단 정류장 옆 작은 가게로 어슬렁 걸어 들어갔다. 물을 한 병 들고 계산을 하려는 순간, 내 손에는 아무것도 없다는 것을 깨달았다. 빈손을 한참 들여다보다가, 물병을 도로 내려놓고 가게를 나왔다. 타고 온 버스를 찾아보았다. 이미 없었다. 아무 생각도 나지 않았다. 불행 중 다행일까, 셔츠 주머니에 넣어 두었던 여권은 남아 있었다.

몸을 감싸고 있는 하얀 햇볕이 머릿속까지 가득 들어찬 것만 같았다. 무작정 바다 쪽으로 걸었다. 바위 위에 앉아 머릿속 하얀 빛과 마주했다. 여기서부터 뭔가 해야 했다. 뭐라도 생각해 내야 했다. 하지만 속수무책이었다.

자. 진정하고……. 가방을 잃어버릴 수 있다는 건 생각도 못 해 봤어? 응. 이제 어떡할 거야? 몰라. 지갑도 전화기도…… 정말 아무것도 남은 게 없구나. 그러게. 흐흐흐……. 웃음이 터져 나오더니, 그 끝에 껵껵 울음이 올라왔다. 내가 그렇지 뭐. 나는 원래 이런 놈이었다.

얼마나 앉아 있었을까, 배가 고파졌다. 바다 위로 해가 기울고 있었다. 그때 앞바다에서 노란색의 작은 보트 한 척이 지나갔다. 보트에는 빨간 차양이 뚜껑처럼 얹혀 있었고, 그 아래 파란 재킷을 입은 남자가 서 있는 게 보였다. 덥수룩한 머리카락을 바람에 휘날리며 보트 위에 서 있는 남자가 이상하게도 아는 사람처럼 느껴졌다. 막막한 상황이라서 환영을 보는 건가. 제기랄.

노랑 보트를 눈으로 쫓으며 속으로 말했다. 살려주세요. 노랑 보트!

그때, 노랑 보트 남자가 고개를 돌려 내 쪽을 바라보았다. 우리는 한동안 서로 마주보는 것처럼 꼼짝도 하지 않았다. 거리가 멀어 확신할 수는 없지만, 그 사람과 눈이 마주친 것 같았다. 그렇다고 믿고 싶었다. 내가 보낸 텔레파시를 받았을지도 모르니까. 죽을 지경에 이른 사람이 보낸 구조 신호는 강력한 힘을 발휘할지도 모른다. 이번에는 두 팔을 올려 흔들며 크게 소리쳐 보았다.

"도와주세요!"

하지만, 텔레파시는 아닌 모양이었다. 보트에 탄 남자가 고개를 싹, 돌려 버린 것이다. 노랑 보트는 멀리 떠 있는 섬들을 향해 빠르게 사라져 갔다.

마음이 쓸쓸하고 겁이 나기 시작했다. 마을로 걸어 들어갔다. 주변에는 붉은 노을이 깔리고 있었다. 고즈넉한 마을에 점점이 흐린 불빛이 켜지고 가게들은 문을 닫았다. 사람들은 어딘가로 숨어 버린 듯, 그림자도 구경하기 어려웠다.

힘이 풀린 다리를 끌고 동네 경찰서를 찾아 걸었다. 마을은 아주 작아서 한 번 도는 데 10분도 걸리지 않았다. 가게 출입문에 걸린 잠금장치에서 막 열쇠를 빼는 남자를 발견하고 달려가 물었다. 이 마을에는 경찰서가 없다며 한참 떨어진 큰 마을로 가야 한다고 했다. 절망스러웠다. 전화를 좀 쓸 수 있냐고 묻자, 그는 냉정하게 고개를 저었다.

이제 어디로 가야 하나. 어디로.

마을 한쪽에 위치한 작은 광장으로 들어가 벤치에 앉았다. 원형 돌바닥에는 가로등 불빛이 은은하게 깔리고 멀리 떨어진 바다로부터 파도 소리가 잔잔하게 들려왔다. 광장 주변 가게와 식당에서도 인기척이 없었다. 으슬으슬 추위가 몰려와 몸이 덜덜 떨렸다. 추워서 죽을 것만 같았다. 여름인데, 왜 이렇게 추워. 훌쩍훌쩍 콧물을 닦다가, 벌떡 일어나 광장 주위 골목을 걷기 시작했다. 사람이 있는 곳이라면 아무데고 들어가자. 가서 사정을 하는 거야. 대화가 안 통할 텐데 어떡하지? 불 켜진 집을 보았을 때, 정작 나는 아무 것도 할 수 없었다. 한 식당의 뒷문 앞에서 쓰레기 봉투 더미 근처에 버려진 샌드위치 반쪽과 토마토 조각을 발견했다. 이건 쓰레기가 아니야. 나는 중얼거리며 그것을 들고 씹었다.

킥킥! 지금 이 꼴을 누군가 본다면? 엄마의 눈빛, 명우의 비아냥거리는 입술이 떠올랐다. 그래 나야. 난 이런 놈이야.

더 이상 먹을 것을 찾을 수 없었지만 제법 쏠쏠한 것을 발견했다. 오토바이를 덮어 둔 덮개를 벗겨 도망치듯 광장으로 돌아왔다. 벤치에 옆구리를 붙이고 누워 가져온 것을 발끝부터 머리까지 덮었다. 눈꺼풀을 닫자 눈물이 제멋대로 흘렀다. 여기서 더 비참해질 수도 있을까? 이게 바닥인가? 이제 어떡할 건데…….

나는 어쩌면 엄마에게 전화를 걸지도 모른다. 엄마는 그럴 줄 알았다며 의기양양할 것이고 나는 다시 떠나온 곳으로 돌아가야 할지도 모른다. 단 하루 만에 노숙자가 되어. 킥킥킥! 나는 주먹으로 내 머리를 힘껏 쥐어박았다. 이게 나란 놈이다. 지금은 정말 추운 여름이다.

새소리에 눈이 떠졌다. 광장에는 맑은 해가 가득하고 새들이 소란을 떨고 있었다. 멍하니 앉아 이토록 생소한 아침에 대해, 어제의 일이 꿈이 아니었다는 사실에 대해 생각해 보았다. 몸이 따스해지고 있었다. 아침 해가 닿고 있는 내 몸을 찬찬히 훑어보았다. 괜찮아 보였다. 기분도 어젯밤처럼 아주 죽을 것 같지는 않았다. 멍한 내 머릿속에 해가 들어와 가득 차는 것 같았다. 이상하게도 가만히 있어 보고 싶었다. 꼼짝 않고 해를 쪼이고 싶었다. 그래. 복잡한 생각일랑 좀 있다가 해 보자.

그때 광장 맞은편으로 오토바이 한 대가 나를 주시하며 천천히 지나갔다. 그리고 저만치에서 턴을 하더니 다가왔다. 오토바이를 탄 사람이 머리 위에 얹었던 헬멧을 벗으며 내 앞에 와 섰다. 그러는 바람에 나에게 내리쬐던 해가 가려졌다. 나는 자리를 옮겨 계속 해를 쬐었다. 후줄근한 청바지에 줄무늬 셔츠를 입은 청년의 얼굴은 덥수룩한 구레나룻에 가려져 선뜻 인종을 구분하기 어려웠다.

그는 멍한 내 눈을 보고 "한국 분이세요?" 하고 물었다. 나는 놀라 벌떡 일어나 그 사람 손을 덥석 잡았다.

"네!"

얼씨구나! 신이 나에게 천사를 보내 준 것이 틀림없었다. 그것도 토종 한국인으로다.

그 사람은 당황하며 손을 뺐고, 나는 재빨리 다시 손을 꼭 잡고 되는 대로 내뱉었다.

"형!"

오토바이 청년은 당황한 얼굴로 물러나며 말했다.

"나…… 동생 없는데."

"저보다 나이가 많은 한국 사람이니까 형이죠."

나도 모르게 너스레를 떨고 있었다.

"아! 그래요? 난 또 우리 아버지가 몰래 낳은 동생인 줄 알았잖아요. 깜짝이야."

한국 형이 넉살 좋게 받아 주었다.

"게스트하우스 찾는 거 아닌가요? 좀 찾기 어려운 데 있거든요."

몸 전체에 촘촘한 근육이 박혀 있는 날렵한 체격, 짙은 눈썹, 각진 눈 안에서 반짝이는 눈빛. 순수한 사람처럼 보였다. 나는 게스트하우스 같은 데는 꿈도 꾸지 못할 지금의 내 처지를 목이 메여 떨리는 소리로 설명했다. 남자는 입을 벌리고 고개를 끄덕이다가 점점 표정이 시큰둥해졌다. 그리고 어이없다는 듯 말했다.

"그러니까 최근에 거지가 됐다는 거네요?"

나도 모르게 고개가 끄덕여졌다.

"그렇다고…… 볼 수 있죠."

불쑥 속으로 주문을 외웠다. 이 사람은 좋은 사람이다. 이 사람은 천사다.

천사가 눈썹을 찌푸리며 물었다.

"버스에 두고 내린 게 분명해요?"

혼란스러웠다. 자고 일어나서 확인을 안 해 봤으니, 자는 동안 없어졌을지도 모를 일이었다.

"경찰서에 가 보든가 버스 회사에 물어보든가, 뭐든 해야겠네요?"

천사는 다시 헬멧을 썼다. 나는 마음이 조급해져서 남자에게 다가섰다.

"네. 뭐든 해야죠. 되는 대로 해야죠. 형이 좀 도와주세요!"

"숙소는 어디에 예약했어요?"

내가 고개를 가로젓자, "참! 용기 가상!" 하고 털털 웃더니, 잠시 바다 쪽을 바라보았다. 그리고 생각 끝에 결심한 듯 말했다.

"자, 나를 따라와요. 대책 없고 용감하신 분!"

나는 감동스러워서 콧물을 훌쩍거렸다.

천사의 뒷자리에 엉덩이를 얹고 그의 거처로 가는 동안 하늘을 보았다. 구름 한 점 없는, 잉크처럼 짙푸른 하늘이었다. 아름답다고 느껴졌다. 세상이.

나도 모르게 명우가 떠올라 중얼거렸다.

"더러운 세상이라고? 나쁜 새끼."

내 말을 들었는지 앞자리에 앉은 천사가 "뭐라고요?" 하고 물었다. 나는 실실 웃으며 대답했다.

"형 오토바이 실력 죽인다구요."

천사는 아무 말도 하지 않고, 붕! 속도를 올렸다.

한국인 천사의 이름은 김환이었다. 세이셸에 온 지는 9년 정도 되었다고 했다. 그는 나에 대해 궁금해하지는 않았다. 이름도, 나이도 묻지 않고 이곳에 어떻게 오게 되었는지도 묻지 않았다. 그저 대책 없고 용감한 빈털터리일 뿐, 그것으로 됐다는 듯. 나는 그런 무심함이 마음에 들었다.

그는 숲이 있는 언덕 아래 산호초가 많은 바닷가에서 작은 스노클링 가게를 운영하며 강습을 하기도 했다. 스노클링 장비와 스쿠버다이빙 슈트가 촘촘히 진열되어 있는 가게는 바다를 향해 통유리창이 나 있었다. 가게 안쪽으로는 폭이 좁은 침대와 책상이 놓인 아늑한 방이 있었다.

천사 형은 하얀 쌀밥에 카레를 얹고 바다 쪽에 놓인 데크 위에 식탁을 마련했다.

"잘 먹겠습니다. 형님!"

나도 모르게 하늘을 찌를 듯이 목소리를 높였다.

형은 멋쩍은 얼굴을 하더니, 한국식으로 인사를 했다.

"찬은 없지만 많이 드세요. 손님."

카레라이스는 환상적이었다. 배가 고파서 맛있는 걸까 계속 생각하며 먹었지만, 정말 최고의 맛이었다.

바다를 바라보며 우적우적 밥을 먹는 한국 천사 형의 옆얼굴을 찬찬히 뜯어보았다. 나도 이런 형 하나 있으면 좋겠다. 그럼, 내 인생이 달라졌을까? 형이 있는 명우는 형이 싫어서 집에 안 들어 가려고 했는데, 이런 형이라면 명우 새끼도 그렇게 나쁜 놈이 되지 않았을 거야. 그리고 나도 이런 형이 있으면 이렇게까지 도망쳐 여기로 날아올 생각도 안 했겠지.

"형! 숙박 안 받아요? 나 여기서 살고 싶은데."

형은 고개를 슬슬 흔들었다.

"시설이 안 돼 있어서."

"그럼. 스노클링 강습 받을게요. 지갑 찾으면 바로 가르쳐 주세요."

"뭐? 누구 맘대로."

환이 형은 무뚝뚝하게 말하고는 씩 웃었다.

허락이라는 뜻으로 받아들였다.

"우헤헤헤!"

내 웃음소리가 이토록 간사한 적이 없었는데…… 나는 점점 변해 가고 있었다. 이런 모습이 내 안에 어딘가 숨어 있었다는 게 신기했다. 동물적 생존본능일까.

그나저나 문제는 돈이다. 지갑이 든 가방을 못 찾으면 어떡하나. 하루도 더 버틸 수가 없다. 엄마에게 전화를 걸어야 하고, 다시 곧바로 한국으로 소환될 수도 있었다. 아니면, 엄마가 나를 잡으러 이곳으로 찾아올지도 모른다. 수능 디데이가 언제더라. 계산해 보다가 그만둬 버렸다. 나쁜 결과는 생각하지 말자. 지옥과 천당 사이의 롤러코스터를 언제 다시 타게 될지 몰랐다. 비행기를 타기 전에 죽고 싶을 만큼 힘들었던 시간과 비행기에서 내린 다음 죽을 것 같이 절망스러웠던 상황이, 모두 지금 이 순간을 나에게 선물하려고 준비한 설정일지도 몰랐다. 영화 같다. 히죽! 웃음이 나왔다. 어쨌든, 지금 편안하다. 여기에서. 그거면 됐다는 생각이 들었다. 내가 언제 또 아래로 떨어질지 한 치 앞도 예상할 수 없지만 그렇게 겁나지 않았다. 그게 또 신기했다.

환이 형은 버스 회사에 전화부터 걸었다. 접수된 분실물이 없다는 대답이 돌아왔다. 기운이 쭉 빠졌다.

"그렇게 기대하지는 않았어. 버스에서 자고 있을 때 가방을 누가 들고 갔을지도 몰라. 일단 분실 신고부터 하자."

이대로 다시 돌아가야 하는가? 저절로 엄마 생각이 났다. 일단 돈이 한 푼도 없으니 엄마에게 전화를 해야만 하고, 내가 있는 곳을 말해야 하고, 엄마는 당장 돌아오라고 비행기 표를 끊겠다고 할 것이고…… 좋은 수가 없었다.

환이 형은 스노클링 강습 일정 때문에 꼼짝할 수 없다고 했다. 형이 일러 준 대로 시내로 나가 경찰서에 들르기로 했다. 자전거로 30분 정도 달리니 작은 시계탑이 있는 빅토리아 시내가 나왔다. 신고를 접수한 경찰은 찾기 어려울 거라고, 기대하지 말라고 했다. 그런데 이상하게도 절망스럽지 않았다. 쉽게 찾지 못한다는 것은, 그래도 찾을 가능성이 1퍼센트라도 있다는 말 아닌가. 내 맘대로 실낱 같은 희망을 가져 본다. 해야 할 일을 처리하고 나서 기다리는 시간이 되니 오히려 기분이 상쾌했다. 엄마에게 전화를 걸 용기가 생겼다. 될 수 있으면 이곳에 오래 있고 싶은 마음을 전해야만 했다. 간절하게. 싸움이 날지도 모른다. 한번 박 터지도록 싸워나 보자.

아늑한 도시는 적당히 붐볐고, 돌길 위로 드문드문 버스와 차들이 다녔다. 나간 참에 여기저기 구경하고 오라며 환이 형이 넣어 준 돈이 셔츠 앞주머니에 있었다. 광장 한쪽 목조 건물 앞에서 거북이 동상을 발견했다. 실제 거북만 한 청동상은 손때가 묻은

머리와 등 가운데가 반질반질 닳아 빛이 나고 있었다. 아차! 마리온. 그러고 보니 마리온을 찾아보지 못하고 떠나온 것이다. 마리온은 지금 어디에 있을까? 집으로 돌아왔을까?

거북상이 세워진 건물 안으로 입장했다. 거북 박물관이었다. 박물관 전시실 어둑한 공간에는 거북이 박제들이 곳곳에 엎드려 있었다. 가까이 가 보니, 신기하게도 생생한 눈빛과 피부를 유지하고 있었다. 마치 살아서 나를 바라보는 것 같았다. 얼핏, 마리온이 먼저 와서 이렇게 나를 기다리고 있는 게 아닐까 하는, 바보 같은 생각도 들었다. 어느 벽 한가운데에 이런 글이 붙어 있었다.

세이셀코끼리거북은 멸종 직전, 마지막 한 마리만 남아 행방불명 중이다.

천천히 자전거를 끌고 돌아오자, 코끝과 양 볼이 빨갛게 익은 환이 형은 녹초가 되어 있었다. 형의 전화를 빌려 엄마에게 전화를 걸었다. 엄마는 애써 침착하게 대응하려고 애쓰는 것 같았지만, 화를 숨기지는 못했다. 아들이 겁쟁이인 줄은 알았지만 설마 그렇게까지 비겁할 줄은 몰랐다고, 당장 돌아오라고 말했다. 수능은 봐야 하지 않겠느냐며 힘주어 말을 하다가 끝내 울먹거렸다. 나는 돌아가더라도 수능은 보지 않을 테니까 기대하지는 말라고, 이제 다시는 엄마가 원하는 것만 하면서 살지 않겠다고 또박또박 말했다. 엄마는 한동안 말을 잇지 못하다가 겨우 입을 열었다.

"결국 사고를 치는구나. 맘대로 해. 다시는 네 인생에 관심 갖지 않을 거야."

별무리 가득한 밤이 되었다. 형과 나는 맥주를 따서 바닷가에 마주 앉았다. 형은 노래를 불렀다.

"한국 노래를 부르면 무너지겠더라. 그래서 잘 안 불렀어. 얼마 전에 한국에서 온 아저씨가 있는데, 그 아저씨가 기타를 치며 한국 노래를 부르는 거야."

"그래서 무너졌어요?"

"음. 무너졌다가 다시 일어났어. 해 보니까 괜찮더라고. 해 보지도 않고 겁만 먹었던 거야. 일단 한 번 무너져 보는 게 중요해. 그래야 그다음 무너지는 건 아무것도 아니라는 걸 알지. 일어나는 법도 알게 되고."

"나도 일어날 수 있을까요?"

"너도 무너졌어?"

"네. 와르르."

환이 형은 믿지 못하는 눈치였다.

"저, 삼수생이에요. 수능 봐야 하는데 도망쳤어요."

"수능? 도망? 흐흐흐."

"좀 복잡해요. 단지 수능 때문이라고 하기도 그렇고. 어쨌든 떠나야 한다는 생각이 자꾸만 들었어요."

환이 형은 놀라는 표정을 짓더니, 히죽 웃었다.

"나도 도망쳐 왔는데."

"아하! 어쩐지, 형이 꼭 내 핏줄 같더라고요. 헤헤헤. 그럼 아직 도망 중인 거예요?"

환이 형은 고개를 저었다.

"지금은 아니야. 도망은 끝났지만, 여기 머물러 있는 거지. 그래도 한국이 그리워. 그래서 한국 사람들만 보면 좋고. 돌아가지 못하게 붙잡고 싶고…… 막 그렇더라."

"그럼, 나도 한국 사람이니까 막 붙잡고 싶겠네요? 그죠?"

환이 형은 활짝 웃으며 말했다.

"아이구! 너같이 시꺼먼 놈 붙잡아서 뭐 하게. 예쁜 아가씨라면 몰라도."

"헤헤헤. 형! 여기 알바 안 써요?"

"왜?"

"일 시켜 주시면 뭐든지 열심히 할게요."

환이 형이 근심스럽게 물었다.

"엄마는 뭐라고 하시니?"

"지금 가면 엄마한테 맞아 죽을지도 몰라요. 우리 엄마 주먹 태권브이만큼 세거든요. 그거 한 방 맞으면 사망이에요. 헤헤."

"정말 안 가도 돼?"

"네. 여기서 무조건 일할 거예요. 그리고 스노클링도 배울 거고요."

"얼씨구나. 완전 제 맘대로네?"

내 맘대로 해 보기. 한번 그래 보고 싶었다. 환이 형은 인심 좋은 얼굴로 웃었다.

"그래. 질릴 때까지 한번 있어 봐라. 빡세게 시킬 거다. 나중에 엄마 보고 싶다고 찔찔 울면, 그날 바로 아웃이야."

"넵! 천사 형님."

환이 형이 커다란 손으로 내 등을 툭툭 두드렸다. 나는 그게 마치 우리의 계약서에 도장을 찍는 것 같다는 생각이 들었다.

"이제, 이 마을에 한국 사람이 셋 됐네?"

"또 한 사람 있어요? 누구예요?"

"몇 년 전에 왔다는 한국 아저씨. 아마 금방 돌아가지 않을 것 같아. 아주 바쁘거든."

"무슨 일을 하는데요?"

"응, 지금 영화 찍고 있어."

"영화요?"

"이 섬에서 태어난 코끼리거북이 영화."

"아, 아까 박물관에서 봤어요. 마지막 남았다는 한 마리. 실종됐다면서요? 아직 못 찾은 거죠?"

"응. 글쎄? 그 아저씨가 찾았을지도 몰라."

"정말요?"

"음…… 그 사람. 세이셸코끼리거북 멸종에 대한 다큐멘터리를 찍을 거래. 한참 동안 그 거북이를 찾아다녔지. 보트 타고 이 근처 온 섬을 다 뒤지고 다녔어. 그러다가 어느 날 갑자기 뜸하더라고. 아마 찾은 모양이야. 거북이를 찾는 순간, 그 옆을 떠날 수 없을 거라고 말했거든. 지금 열심히 찍고 있을지도 몰라. 섬 사이를 돌아다니는 노란 보트를 보면 그 사람인 줄 알아."

"아! 혹시 빨강 뚜껑이 달린 보트?"

"맞아. 빨강 차양."

"그 사람이 한국 사람이라고요?"

나도 모르게 숨이 가빠졌다. 머릿속을 뭔가가 빠르게 돌아다니는 것만 같았다.

"이름이 뭐래요?"

"몰라."

"혹시, 서울에서 왔대요?"

"안 물어봤는데."

쿵쾅쿵쾅 심장이 움직였다.

"좀 멋있지 않니? 동물의 멸종 순간을 영화로 찍겠다는 거?"

환이 형이 엄지를 추켜올리며 물었다.

"그 사람 언제 올까요?"

"요즘은 잘 안 온다니까. 저쪽 프라슬린 섬 근처에 있지 않을까 싶어. 거기가 세이셸코끼리거북이 좋아하는 부채선인장이 많이 나는 곳이라서, 그 거북이 있을 가능성이 높다고 얘기했거든. 언젠가 여기 들르기는 하겠지. 나랑 맥주 한잔씩 하고 그랬거든."

"혹시 이런 여행…… 어때요? 세계지도를 펼쳐 놓고 눈을 꼭 감고 보이지 않는 상태로 지도 위 어딘가를 찍는 거예요. 어디가 찍히든 무조건 그곳으로 떠나는 거예요."

환이 형은 고개를 끄덕였다.

"멋있는데? 근데, 그거 영화 스토리라는 거 나도 안다."

"영화보다 더 영화 같은 일이 일어날 수도 있겠죠? 무조건 떠난다는 게, 사실은 엄청나게 끌어당기는 힘이 있기 때문인지도 모르잖아요."

"뭔가 의미심장한데?"

"형. 저 프라슬린 섬에 가 보고 싶어요."

"그래? 언제 한번 가 보자. 안 그래도 가 보려고 했어."

나는 자꾸 벌렁거리는 가슴을 손바닥으로 눌렀다. 쿵쿵, 심장이 손바닥으로 신호를 보냈다.

환이 형은 가게 유리창 안쪽에 간이침대를 펴 주었다.

"손님용 침대는 오랜만에 펴 보는 건데, 상태는 그럭저럭 괜찮네. 푹 잘 자! 운이 좋으면 눈을 뜨자마자 해가 둥둥 뜨는 바다를 볼지도 몰라."

푹신한 매트에 엉덩이를 걸치자 스르르 긴장이 풀어졌다. 침대에 누워 밖을 내다보니, 꿈꾸는 것만 같았다. 진한 하늘에 촘촘히 박힌 별들, 달빛 아래 보이는 찰랑거리는 검은 바다. 실감이 나지 않았다. 유치하게도 슬쩍 무르팍을 꼬집어 보았다.

지금 여기에 있는 나는 진짜 나인가? 정말 비행기를 타고 홀로 날아와 이곳에 있다는 게 현실인가? 여기는 정말로 존재하는 세상이 맞을까? 무엇이 나를 이 세이셸로 끌어당겼을까?

이틀 뒤, 형과 프라슬린으로 출발했다. 생필품과 식료품, 물통을 실은 보트를 몰고 프라슬린으로 가는 내내 가슴은 계속 신호를 보내 왔다. 작게 크게 쿵덕 쿵쿵.

프라슬린에 다다르자 형은 보트의 시동을 끄고 섬 가장자리를 따라 노를 젓기 시작했다. 모래사장과 바위들, 선인장과 야자수들 사이를 살피며 천천히 돌던 형은 반달 모양 백사장에 보트를 댔다. 숲으로 조금 걸어 들어가던 형이 걸음을 우뚝 멈추더니, 입술에 집게손가락을 갖다 대며 멈춰 서라는 신호를 보냈다. 숲 깊숙한 안쪽에 무언가 보였다. 사람이었다. 파란 셔츠에 빛바랜 감색 바지, 검은 장화, 희끗한 반백 머리. 허리를 90도로 구부리고 어깨에 받쳐 든 카메라로 무언가를 촬영하는 중이었다. 꼼짝도 하지 않고 몰입한 모습이 바위 같았다.

저 뒷모습…… 왠지 낯설지 않은데…… 내가 알고 있는 사람이라면?

나는 몸이 굳은 듯 가까이 갈 수 없었다. 그저 환이 형 옆에서 꼼짝 않고 서 있었다. 그의 카메라 너머 무언가 보이기 시작했다. 카메라가 찍고 있는 그 무언가가. 늙고 웅장한 거북이었다. 세이셸코끼리거북일지도 모를 그 생명체는 커다란 바위 위에서 어딘가를 하염없이 바라보고 있었다.

작가의 말 📖

일흔 권이 빼곡하게 꽂혀 있는 자음과모음 청소년문학 책꽂이
가 든든합니다. 소박한 이 책들은 출판사가 쏟은 노고의 흔적이
겠죠. 출판계의 험난한 현실 속에서도 꾸준하게 책을 만들어 온
열정에 박수를 보냅니다.

이 땅의 청소년문학은, 성인문학과 어린이문학 사이에서 조심
스럽게 걸음마를 하며 성장하는 중입니다. 현재 이 별에서 가장
아름다운 시간 속을 묵묵히 걸어가는 청소년들의 모습과 닮아 있
네요. 청소년들에게 작으나마 힘이 되고 싶은 자음과모음 출판사
와 우리 작가들은, 한 편 한 편의 소중한 이야기를 보태어 가며 청
소년들과 오래 함께하고 싶을 뿐입니다.

자음과모음 청소년문학 70권 기념소설집 『십대의 온도』에, 이
렇게 제 글 한 편 올리게 되어 기쁩니다.

사람으로 태어나 자라며 누구나 건너는 통과의례인 입시의 수
레바퀴에 올라탄 청소년들에게 무슨 말이 위로가 될까 싶습니다.
심장이 조여 오는 순간순간은 힘들고 고통스러울 것입니다. 성공

이든 실패든, 대학 입학은 순간의 결과이지만 인생 전체에서의 성공이나 실패는 진정 아니더군요. 이 글을 빌어, 기왕이면 용감하고 씩씩해져 보자고 말하고 싶습니다.

세이셸 섬으로 떠난 주인공은 수능시험에 재도전하는 청소년입니다. 변변하지 못한 현실과 불확실한 미래. 주변 사람들과의 관계도 잘 안 풀립니다. 불 위에 올려진 냄비에서 헤엄치던 개구리는 물이 점점 뜨거워지면 뚜껑을 들이받고 튀어 오릅니다. 이 작품의 주인공은 폭발하기 전에 튀어 올라 자신을 구원합니다. 새로운 공간과 시간을 만들어 냈습니다. 마치 판타지 같은 세상을 스스로 열어젖혔습니다. 우리 모두는 대부분 이런 사람일지도 모르겠습니다. 지독하게 외롭고 불운한. 스스로 구원할 수밖에 없는 사람들. 우리 모두에게 일탈과 판타지를 권합니다. 가장 어두울 때 가장 밝게 빛나는 보석 같은 존재가 바로 자신임을 알아볼 소중한 시간이 필요합니다.

마더 파괴 사건

신 설

교사인 아버지를 따라 공기 좋고 사람 좋은 여러 곳을 경험했다. 나중에는 광주에
정착해 전남대학교에서 국문학을 공부했다. 졸업은 하지 못했다. 시 창작 연구회
인 '비나리'에서 글의 즐거움을 알았고, 그림 그리기부터 문구류 모으기까지 취미
가 많다. 학창 시절의 취미는 단연코 독서였다. 특기를 물으면 멋쩍게 웃고 말았
는데, 글쓰기라고 답하는 날을 소망했다. '자음과모음 청소년문학상'을 수상해 그
바람을 이뤘다.

전남 나주에서 태어나, 2016년 『따까리, 전학생, 쭈쭈바, 로댕, 신가리』로 제5회
자음과모음 청소년문학상을 수상했다. 지금은 돌이 갓 지난 딸과 함께 세 식구가
여수에 산다. 그리고 나중 그 딸에게 칭찬받을 만한 글을 쓰기 위해 노력 중이다.

한국사 수행평가

마더 파괴 사건

2학년 4반 27번 신설

1. 조사한 사건

22년 전, 지구는 칸타로인의 압제로부터 해방되었다. 그리고 7년 뒤 세알연의 구성원들은 '마더 파괴 사건'을 일으킨다. 그리고 최근 그들은 자신들의 정당함을 주장하고 있다.

그 일에 분개하여 이 주제를 택한 것은 아니다. 때문에 그들을 향한 비난은 자제하며, 자료를 바탕으로 한 객관의 서술이 되도록 노력하겠다.

출처는 명시하였고, 얼개의 대부분은 최근에 출간된 『우리도 함께한 마더 파괴』에서 얻었다.

2. 내용

'세상 알기 연구회' 통칭 세알연은 대한민국에 위치한 영치 고등학교의 동아리였다. 그리고 학생 김라희는 그 세알연의 첫 번째 회원으로 알려져 있다. 라희는 주변에서 흔히 볼 수 있는 보통의 학생이었다고 한다. 수업에 착실했으며 하교 시간을 기다렸고 가끔은 숙제를 빠트리기도 했다. 그렇게 딱히 눈에 띄지 않던 김라희가 잠깐이나마 학생들 사이에 화제로 오른 일이 있었다. 세알연의 가입을 권유받았기 때문이다.

세상 알기 연구회에 어서 오세요. 우리는 모두를 환영합니다. 입회를 원하는 학생은 담당 교사를 찾아오세요. 가입 자격을 심사 뒤 우리와 함께할 수 있습니다.

　　　　　　　−『현대사 자료 사전』 중 '영치고 홈페이지에 실린 세상 알기 연구회'[1]

1) 나형호, 『현대사 자료 사전』, 오전 출판사, 35쪽

위 소개 글로 알 수 있듯, 세알연은 도무지 그 정체를 파악하기 힘든 단체이다. 당시라고 다르지 않았을 것이다. 때문에 거기에 들고 싶어 하는 학생은 없었고, 있더라도 장난스러운 시도들뿐이었다. 그리고 그 시도는 전부 실패로 돌아간다. 모두를 환영한다면서 담당 교사의 자격 심사는 매우 까다로웠다. 더구나 그 요건이 무엇인지 학생들에게 알리지도 않았다.

─미안합니다, 자격이 안 돼요.

교사는 항상 그 말을 했다고 한다. 몇 번의 예외가 없지는 않았는데, 그 첫 번째 대상이 바로 학생 김라희였다.

─김라희 학생, 우리 연구회에 들지 않겠습니까?

과학 수업을 진행하던 교사는 느닷없이 라희에게 동아리 가입을 권유했다. 본래부터 괴짜라는 소문이 돌던 사람이었다. 엉뚱한 내용의 설문지를 돌리기도 했고, 상관없는 주제의 토론 수업을 벌이기도 했다. 그렇더라도, 혹은 그렇기 때문에 과학 교사의 그런 행동은 이해받을 리 없었다. 소리 내 야유하는 학생만도 여럿이었는데 정작 라희 본인은 별 반응이 없었다. 정확히 하자면 초점 없는 눈으로 칠판을 바라보기만 했다. 교사가 바짝 다가갔는데도 그랬다.

─좋아요, 아주 좋아요.

무슨 일인지 과학 교사는 미소를 지었다.

나중에 교사 스스로 밝히기를, 당시 라희의 정신은 무념의 정의에 가장 가까웠음으로 기쁨을 감출 수 없었다고 한다. 그러나 교사에게 기쁨의 대상이었던 그 행위가 학생들에게는 조롱의 소재일 뿐이었다. 두뇌 활동이 활발하지 않아 주변 상황을 인지하지 못하는 아래 층위의 정신 활동, 그러니까 멍청이의 행동이라고 여겨졌기 때문이다.

— 아니요, 이것은 재능입니다. 2000년대에는 이 재능을 겨루는 대회가 있을 정도였습니다.

'멍 때리기'는 아무런 생각 없이 넋을 놓고 있는 상태를 의미하는 말로, 멍 때리기 대회의 규칙은 '아무 것도 하지 않는 상태를 오래 유지하는 것'이다. 대회 참가자들은 심박 측정기를 지닌 채 아무 말도 하지 않고 가만히 앉아 시간을 보내야 한다.

—『시사상식사전』중 '멍 때리기 대회'[2]

권위에 굴복하지 않는 학생들의 패기는 지금이나 당시나 다르지 않았을 것이다. 학생들은 멍을 때리느라 과학 교사의 말을 듣지 못했거나, 들었어도 못 들은 척했다. 물론 당사자인 라희는 달랐다. 학생 라희의 얼굴은 붉게 상기됐다. 뭐 그런 일로 그러느냐는 사람이 있을는지 모르지만, 그런 반응은 당연했다. 밝혔듯, 라

---

2) 시사상식사전, '멍 때리기 대회' http://terms.naver.com/entry.nhn?docid=3432565&cid=43667&categoryId=43667 (2017. 11. 12.)

희는 우리와 같은 보통의 학생이었음으로 칭찬은 매우 낯설었다. 또한 같은 이유로 익숙한 것은 구박과 잔소리였다. 특히, 라희는 정신을 어디에 놓고 다니느냐는 구박을 오랜 시간 들어왔다. 그런데 그것이 부족함이 아닌 재능이었다니…… 배어 나오는 미소를 지그시 깨문 라희는 쉬는 시간에 당장 입회원서를 작성한다.

라희의 입회 뒤, 학생들은 세알연의 자격 요건이 두뇌 활동이 활발하지 않아 주변 상황을 인지하지 못하는 아래 층위의 정신 활동이라고 수군댔다. 하지만 그 짐작은 틀린 것이었다.

— 김진수 학생, 우리 연구회에 들지 않겠습니까?

김진수는 멍 때리기와는 전혀 상관없는 학생이었다. 오히려 산만한 편이어서 예민했으며 늘 동작이 컸다. 친구의 말에 허리를 크게 꺾어 대답하거나, 선생님의 질문에 번쩍번쩍 손을 치켜들었다. 그렇게 가만히 있는 일이 드물었던 소년은 항상 땀을 흘렸다. 그렇다면 그의 입회 자격은 그 땀이었다. 괜한 억측은 아니어서, 짐작의 근거는 또 있었다.

진수의 입회를 권유하기 전, 과학 교사는 다른 학생에게 먼저 관심을 보였다고 한다. 눈물이 많은 학생이었다. 국사 시간 다큐멘터리를 보다가도, 수학 시간 칠판의 문제를 풀다가도, 국어 시간 시를 읽다가도 그 학생은 눈물을 흘렸다. 가게 앞 평상, 할머니가 마시는 환타를 보고도 그랬다.

―그것이 환타가 아닌 콜라였다면, 혹은 병이 아닌 캔이었다면 어땠을까?

그런 알 듯 말 듯 한 말을 하기는 했는데, 어쨌든 그 학생을 향했던 과학 교사의 관심은 곧바로 진수에게 옮겨 간다. 수업 시간 그 옆을 지나가다 깜짝 놀라며 조퇴를 권하고 난 뒤의 일이었다.

―아닙니다, 선생님! 이것은 식은땀이 아닌 순수한 땀이에요. 저는 이렇게 건강한 걸요, 하하!

그 말을 들은 과학 교사의 눈빛이 반짝했다. 그러고는 밝은 목소리로 예의 그 말을 꺼냈다.

―김진수 학생, 우리 연구회에 들지 않겠습니까? 그리고 이지명 학생, 학생도 우리와 함께합시다.

교사는 그 자리에서 소년 지명에게도 가입을 권유한다. 그렇다면 지명은 어떤 특징을 지니고 있었을까? 이번에는 너무나 쉬운 문제여서, 소년을 규정하는 데는 하나의 단어로 충분했다.

허언증.

공상허언증의 줄임말로 거짓말을 진실이라고 믿는 증상이다. 그런데 최근에는 그 뜻과 의미가 확장되어 거짓말을 자주하거나 그 거짓말을 태연하게 하는 습관을 지칭하는 데도 널리 사용된다.

―『우리가 알아야 할 심리 용어』 중 '허언증'[3]

— 예? 연구회요? 저는 관심 없어요.

지명은 기대에 찬 얼굴로 그렇게 말했고, 진수보다 조금 먼저 세알연의 회원이 되었다. 그리고 소년은 세 명뿐인 회원 중에서 회장 자리까지 맡았다.

— 알지? 나 이런 데 진짜 관심 없잖아. 그래도 어떡하니? 나 아니면 인물이 없다는데. 뭐? 연구회? 에이, 비밀은 무슨. 지구인들을 해방시키는 작업을 하고 있어. 우리는 아직 칸타로의 압제에서 완전히 해방된 게 아니야. 진짜야! 내가 언제 거짓말한 적 있냐?

세상 알기 연구회를 향했던 관심은 반짝 하다 사라졌다. 처음처럼 그때 역시 학생 누구도 세알연에 관심을 두지 않았다. 동아리방, 창틈으로 목격된 그들의 모습이 가끔 화재에 오르기는 했는데, 셋은 동그랗게 둘러 앉아 대화를 나누는 일이 많다고 했다. 그러나 틀린 정보였다. 말을 하는 학생은 항상 지명뿐이어서 소년은 한순간도 입을 쉬지 않았다. 허언증과 수다스러움이 어느 정도 상관이 있을는지는 모르겠다. 그러나 지명은 너무하다 싶을 정도로 말이 많았다. 그 자신도 힘이 드는지 연신 생수를 들이켰으며 나중에는 우욱, 헛구역질을 했다. 그러면서도 입을 놀렸다.

3) 차명정,『우리가 알아야 할 심리 용어』, 서문각, 112쪽

반응이 없지는 않았는데 진수는 그의 말에 일일이 고개를 끄덕였으며, 눈을 부릅떴고, 어깨를 들썩였다. 안쓰러울 정도였다. 땀은 얼굴을 덮은 것도 모자라 뚝뚝 바닥을 적셨다. 그리고 땀을 머금은 교복 등판은 본래의 색보다 훨씬 진한 색이었다. 하복이나 춘추복이 아닌 울이 섞인 동복인데도 그랬다.

라희는 언제나 그렇듯 멍한 얼굴이었다. 또한 멍한 눈이었다. 상대방 얼굴 너머, 무언가를 바라보는 듯 눈에는 초점이 없었다. 그러다가 화들짝, 현실로 돌아와서는 고개를 도리도리 흔들었다. 그렇게 스스로를 자책하던 라희가 다시 이전으로 돌아가기는 쉽지 않았을 것이다. 지명의 허언은 귀를 파고들었고 진수의 땀은 눈을 어지럽혔다. 그런데도 라희는 다시 정신을 다잡았다. 하고 싶은 일이었고, 해야만 하는 일이었다.

라희가 처음 동아리방에 들어서던 날, 거기는 온전히 자신의 차지였다. 몇 개의 의자와 테이블, 구석에는 분홍색 소파가 자리했고 책장에는 낡은 책 몇 권이 아무렇게나 놓여 있었다. 굳이 마음을 추스를 필요는 없었다. 그냥 그곳에 들어선 것만으로도 정신은 텅 비었다.

—선생님, 전 무얼 하면 되나요?

라희의 물음에 과학 교사는 네가 가장 잘할 수 있는 일을 하라고 했다. 그래서 라희는 종일 멍하게 있었다.

하지만 그런 호사가 그리 오래가지는 못한다. 어느 날 두 명의 소년이 쭈뼛쭈뼛 동아리 방에 들어섰다.

—너희도 재능이 있니?

라희가 조심스럽게 묻자 둘은 고개를 힘차게 끄덕였다. 상대방에게 이해받거나 상대방을 이해하는 일은 얼마나 행복한가? 연구회에 들어오길 역시 잘했다고 라희는 생각했을 것이다. 그리고 곧바로 그 생각이 틀렸다는 사실을 깨달았을 것이다. 라희는 그들을 이해할 수 없었고, 그들도 라희를 이해하지 못했다. 온 몸을 덮은 땀이나 쉴 새 없이 나오는 거짓말이 재능일 리 없었다. 또한 멍 때리기 역시 다르지 않았다. 서로를 이해하지 못한 셋은 자신들의 재능이 진짜인지, 그리고 연구회의 목적은 무엇인지 과학 교사에게 따지듯 물었다.

—세 학생은 마더를 알지요?

교사는 대답 대신 엉뚱한 질문을 했다.

마더(Mother)란 칸타로인들이 대한민국에 남기고 간 생물형 컴퓨터, TBK-313B의 다른 명칭이다. 부피는 약 480m³로 교실 세 칸을 합한 것과 비슷한 크기다. 광합성과 유사한 방식으로 스스로 에너지를 공급한다. 또한 일체의 물리적 접근을 허용하지 않는다. 한때, 국가 주도에 의한 파괴가 논의되었으나 그 비용과 사회적 효용성이 대두되었다. 유용하거나 무해한 것, 혹은 하찮은 것을 칸타로의 잔재로 여길 것인가에 관한 논쟁과도 맞닿아 있다.

마더는 대한민국 국민의 25% 이상에게 이용된다고 추정되며, 계산보다는 정보를 축적하거나 그 정보를 내보이는 기능에 특화되어 있다. 정보의 질보다는 양이 높은 평가를 받는다. 그리고 마더 스스로가 조합하여 내놓는 정보는 인간과의 대화와도 비슷한 양상을 띤다. 때문에 접속자는 마치 다른 사람과 소통을 하는 듯한 태도와 만족감을 지니게 된다. 마더라는 명칭은 이러한 특성 때문에 유래되었다. 접속자는 자신의 모든 것을 털어놓으며 마더는 어머니처럼 그 모든 것을 받아들인다. 그리고 때로는 격려하는데 그 방법이 단순하지만 매우 효율적이다.

―『무민사 시사용어 풀이』중 '마더'[4]

물론, 학생 셋은 마더를 모르지 않았다. 단지 다른 학생들과 의견이 달랐을 뿐이다. 당시 과학 교사가 주관했던 마더에 관한 토론을 살펴보자.

학생 A: 마더는 모든 이야기를 들어줍니다. 우리를 탓하지 않아요. 격려하죠. 그래서 누구나 마더를 좋아합니다. 이름부터가 어머니잖아요. 당신은 엄마를 싫어하십니까?
학생 B: 아니요! 하지만 마더는 아니에요. 그것은 없어져야 합니다. 이름만 마더인…….

4) 오예민, 『무민사 시사용어 풀이』, 무민사, 203쪽

학생 C: 잠깐만요! 엄마를 좋아하는데 엄마는 없어져야 한다? 하하, 궤변이네요.

―『현대사 자료 사전』 중 '마더에 관한 토론 속기록'5)

자신의 입장을 자유롭게 내세웠던 그 토론에서 라희, 진수, 지명 그 셋만이 마더의 폐기를 주장했다. 진수와 지명은 같은 반이었음으로 두 반 67명의 학생들 중 오직 그 셋만이 소수였다.

― 저 역시 여러분의 생각과 같습니다. 마더를 없애고 싶어요. 그래서 여러분의 재능이 필요합니다.

과학 교사는 본심을 드러냈다. 테러 계획을 알렸던 것이다. 그는 학생들의 왜곡된 생각을 부추겼으며, 감수해야 할 고난을 설명했고, 각자가 맡을 역할을 밝혔다. 또한 자신의 생각이 틀렸을 수도 있으니 스스로의 판단에 맡긴다는 말도 남겼다. 그러고는 동아리방을 나갔다.

당시만 하더라도 어색한 사이였던 세 학생은 각자가 품은 놀라움을 서로 나누지는 못했다. 상대의 마음을 묻지도 못했는데, 만약 알았더라면 서로는 반겼을 것이다. 같은 마음이었기 때문이다.

최근, 『우리도 함께한 마더 파괴』를 출간한 김 씨는 과학 교사의 테러 권

5) 나형호, 『현대사 자료 사전』, 오전 출판사, 178쪽

유에 조금의 망설임도 없었으며, 이는 다른 두 명도 마찬가지였다고 주장했다. 테러에 가담했다는 죄의식보다는 왜곡된 공명심에 사로잡힌 듯한 그는 자신들의 행위가 교사의 사주와 세뇌 때문이라는 세간의 평가가 자신들의 신념을 폄하하는 것이라고 목소리를 높이기도 했다. 자신들 역시 평소 과학 교사와 비슷한 생각을 지니고 있었다는 주장이었다.

실제로 15년 전, 사건 당시의 검찰 조사에 따르면 과학 교사는 토론이나 설문조사 등을 통하여 학생들의 생각이나 태도 등을 면밀히 분석해 왔고, 그러한 분석 행위는 5년 동안이나 꾸준히 이루어졌다고 한다. 또한 적절한 후보군을 분류해 놓았으며, 그 후보군들 중 자신이 생각하는 자격 요건을 갖춘 학생들이 동시에 나타나자 매우 기뻐했다고도 한다.

통계학자인 강이요 교수에 따르면…… (후략)

—『동선 일보』 중 '마더 테러는 우리의 의지였다'[6]

마더를 파괴할 만한 재능을 갖춘 이들이 한 학교에 다닐 확률, 더구나 그들이 마더에 관한 같은 인식을 가질 확률은 매우 낮았다. 하지만 '실현되기 때문에 확률이다.'라는 경제학자 베어케의 말처럼 그 확률은 성사되었다.

가장 먼저 과학 교사를 찾아간 이는 라희였다. 마지막은 진수였는데 그 차이가 그리 길지는 않았다. 평소보다 많은 땀을 흘리

---

6) 하차희, '마더 테러는 우리의 의지였다', 동선 일보, 5면

며 동아리 방에 들어선 소년은 격앙된 투로 말했다고 한다.

— 제가 왜 평소보다 땀이 많은지 아세요? 첫째는 자부심 때문이요, 둘째는 사명감 때문이며, 가장 큰 이유는 안도감 때문입니다. 눈물 많은 개가 아니라 바로 나에게 그 기회가 왔다는 안도감 말입니다!

— 아닙니다, 제가 더 기뻤어요. 진수 학생의 신념은 그 누구보다 굳건합니다. 또한 여러분의 신념은 저보다 굳건합니다.

교사는 설문지를 내보이며 말했다.

당장 그날부터 셋은 훈련에 돌입한다. 일종의 특훈이었는데, 각자의 과정은 과학 교사와 학생들이 함께 상의했다.

라희는 우선 쉬는 시간을 극복해야 했다. 시끄러운 환경뿐 아니라 시간이라는 한계 역시 함께였다. 과학 교사는 11분이라는 시간을 특히 강조했다. 9분도 괜찮지만 11분을 목표로 하라는 설명이었다. 평소였으면 창밖으로 눈만 한 번 돌리더라도 쉬는 시간 정도는 금방이었을 것이다. 그러나 막상 무념을 의식하자 라희의 정신은 매우 활발했다.

체육대회, 북적거리는 학생들 사이에서 홀로 굳건히 서기도 했다. 2000년대 양궁 대표팀이 야구장에서 집중력을 쌓았다는 이야기는 티브이를 통해 알았다. 그것은 쉬는 시간의 다음 단계로 매우 적절한 방법이었다. 그러나 여건이 허락하지 않았다. 라희는 차선책으로 교내 체육대회를 이용한다. 스탠드를 가득 매운 응원

단 앞에 선 라희는 멍한 표정으로 정신을 비웠다. 정신이 빈 애, 정신이 없는 애, 정신이 나간 애. 비슷한 듯 비슷하지 않은 여러 부연 설명들이 라희를 따라다녔다. 하지만 라희는 개의치 않았다. 찔끔하는 눈물을 꿀꺽 삼켰을 뿐이다.

학생 진수 역시 노력을 소홀히 하지 않았다. 땀 많은 체질이었던 소년은 더욱 땀 많은 체질을 목표로 힘껏 땀을 흘렸다. 격렬한 운동 없이 자연스러운 몸짓만으로 평소보다 더 많은 양의 땀을 흘리는 것. 그것이 소년의 목표였다. 마더 안에서는 자연스러운 움직임만이 허용된다고 했다. 또한 그 안으로는 아무것도 들이지 못한다고 했다. 고추와 같은 음식물 역시 마찬가지였다. 오직 스스로의 힘으로 땀을 생산해야 했다. 진수는 많은 양의 물을 마셨고, 카모마일과 인삼을 꾸준히 음복했으며, 땀구멍을 넓혀 준다는 반신욕을 매일 했다.

유명한 한의사에게 처방을 받기도 했다. 진수의 가정환경이 넉넉했기에 망정이지 그렇지 않았다면 당사자는 매우 곤혹스러웠을 것이다. 더구나 소년이 짊어진 마음의 짐은 꽤나 컸다.

─학생, 여기서 더 흘리면 죽을지도 몰라요.

꾸준한 수입이 싫을 리 없을 텐데도 한의사는 그렇게 말했다. 물론 농담이라는 사실을 진수 역시 모르지 않았으나, 불안감은 쉽게 떨쳐지지 않았다. 축축한 애, 찝찝한 애, 더러운 애라는 평가 역시 들러붙었다. 꿋꿋했던 진수는 찔끔 하는 눈물을 꿀꺽 삼켰다.

물론 학생 지명 역시 앞의 둘과 다르지는 않았다. 과학 교사는 거짓말의 기술과 구조가 담긴 많은 책을 그에게 안겼다. 그러나 거기에 담긴 이론을 의식할수록 허언은 쉽지 않았다. 그런 고충을 바탕으로 한 건의에는 이론 없는 발전은 한계가 있다는 대답이 돌아왔을 뿐이다. 과연 그랬다. 본래 소질이 가득하던 소년은 어느새 그 강도와 태연함에 있어 훨씬 높은 수준의 허언을 구사하고 있었다.

거짓말 탐지기 역시 교사가 가져다주었다. 아무데서나 금방 구할 만한 그런 조악한 물건이 아니었다. 동아리 방에는 그래프가 요동하는 모니터가 들어섰고, 소년은 전선이 주렁주렁한 압박붕대를 묶은 채 거짓말을 했다. 실패뿐이었던 그 시도들은 어느새 반쯤의 성공 확률을 갖는다. 그리고 그 무렵에 이미 진수의 곁에는 아무도 없었다. 거짓말하는 애, 뻥치는 애, 사기 치는 애라는 비난만이 남았는데, 소년은 찔끔하는 눈물을 꿀꺽 삼킬 뿐이었다.

셋의 주변에는 그렇게 셋뿐이었다. 서로를 격려했고, 때로는 상처를 주고받았다. 동아리 방에 둘러 앉아 함께 훈련을 할 때에는 더욱 그랬다. 토할 거 같아, 땀 냄새나, 쟤는 뭐지? 떠도는 생각들을 잡아낼 수 있을 만큼 셋은 가까운 거리였다.

—지명 학생, 그 생각을 속여 넘겨야 합니다. 라희 학생, 생각이 없어야 되잖아요? 그리고 진수 학생, 평소와 표정이 같아야 한다

니까요.

그처럼 과학 교사의 지도는 엄격했고, 때로는 세심했다. 가끔은 세 명의 회원들과 함께 병원에 들르기도 했다. 정확히는 '뇌 과학 연구소'라는 플라스틱 명판이 붙은 병원 구석의 조그마한 건물이었다. 라희와 지명은 그곳에서 '기능적 자기공명 영상'이라고 불리는 뇌 영상을 촬영했다. 정신 활동에 의한 신경 세포의 활성화를 추적, 확인하는 방법이라고 했다. 다시 말해 머릿속 영상을 찍는 첨단 사진기였다.

— 와, 어떻게 이리 깨끗하지요?

라희의 영상을 살핀 연구자는 깨끗하다는 표현을 빌려 그 마음 상태에 놀라고는 했다.

— 와, 어떻게 이리 깨끗하지요?

그리고 그는 지명의 허언에 놀라면서도 같은 표현을 썼다.

같은 시간, 진수는 흉부외과를 들렀다. 땀을 많이 흘리는 증상인 다한증을 전문으로 하는 의사를 만나기 위해서였다. 속사정을 모르는 그는 만날 때마다 소년에게 치료를 권유했다. 급하냐는 물음에도 대답은 항상 같았다.

— 아니요.

그때마다 휴우, 진수는 안도의 한숨을 내뱉었다.

그런 안도감 말고도 진수가 병원 방문을 기다리는 이유는 또 있었다. 다른 두 학생 역시 마찬가지였다. 병원을 방문하는 날이면 교사는 항상 밥을 샀다. 더구나 그날의 메뉴는 냉동도 아닌 생삼겹이었다. 그런데 불판에 오른 그 삼겹살을 다 비워 갈 무렵 과학 교사가 뜻밖의 말을 꺼냈다. 학생들에게는 당혹스러운 말이기도 했다.

— 저는 마더에 함께 들어가지 못해요. 여러분의 힘만으로 그것을 파괴해야 합니다.

어찌 된 일이냐는 학생들의 질문에 과학 교사는 조심스럽게 입을 열었다.

— 모두에게 필요한 일입니다. 그러니 제 말을 꼭 따라주세요.

과학 교사는 자신의 계획을 설명했지만, 그 설명이 채 끝나기도 전에 학생들은 계획을 반대했다. 그럴 수 없을 뿐더러, 그러기도 싫다는 주장이었다. 하지만 과학 교사는 학생들의 의견을 묵살했다. 자신의 계획을 따르지 않으면 테러에 참가할 수 없다는 말까지 했다.

— 여러분의 선택이에요. 지금 빠진다고 해도 저는 괜찮습니다. 그 고마움은 절대 변하지 않아요.

학생들은 한참이나 고민했다. 그러다가 가장 먼저 말을 꺼낸 이는 라희였다.

— 상관없어요. 해야 할 일이고 하고 싶은 일이니까요.

그리고 곧이어 진수와 지명 역시 자신들의 의지는 여전하다고 밝혔다. 교사는 다시 한 번 학생들의 마음을 확인한 뒤, 그 날짜를 알린다.

―8월 2일, 디데이예요.

8월 2일은 그레고리력으로 214번째 날이며 윤년일 경우에는 215번째 날이다.

기원전 216년: 칸나에전투에서 카르타고 군인 한니발이 로마군에게 승리했다.

640년: 제71대 로마 교황이었던 세베리노가 재위 기간 2개월 만에 사망했다.

1907년: 대한제국이 광무에서 융희로 연호를 바꿨다.

⋮

2011년: 인간의 모습으로 가장한 칸타로인들을 폭로한 백영소 씨가 태어났다.

⋮

― 〈트위키 사전〉 중 '8월 2일'[7]

그해의 8월 2일은 찌는 듯이 더웠다. 자정이 가까운 밤인데도 공원 안은 여전히 뜨거웠다. 진수는 생수를 연신 들이켰고 라희

---

7) 트위키 사전, '8월 2일', http://twiky.com/serch?153=8월2일_321

는 이어폰을 꽂았다.

─범죄를 벌이기에 딱 좋은 날이야.

지명의 농담에 미소를 지은 사람은 과학 교사뿐이었다.

주도면밀했던 그들은 처음부터 따로 이동했다. 고속버스 역시 같은 시간을 이용하지 않아 각자가 홀로 그곳에 도착했다. 그곳을 뜨는 시간 역시 그랬다. 학생들은 계획대로 한 명씩 자리를 옮겼다.

관공서만 들어선 곳답게 거리에 사람은 없었다. 그런 고요한 풍경이 그리 낯설지는 않았을 것이다. 벌써 몇 번이나 답사를 했던 곳이었다. 그것과 다르지 않아. 마음을 다잡은 학생들은 태연한 걸음으로 마더를 품은 건물로 다가갔다. 3층 정도의 높이, 어디서나 볼 수 있는 네모반듯한 건물이었다. 하지만 건물 벽을 뒤덮은 덩굴은 그곳만의 특징이었다. 얼핏 살핀다면 담쟁이덩굴에 덮인 예스러운 건물처럼 보이기도 했다. 그러나 가까이서 보는 덩굴은 팔뚝만큼이나 굵었고, 잎은 연잎만큼이나 컸다. 광합성을 할 수 있도록 건물 밖으로 뻗어 난 마더의 일부였다.

건물 중앙에 자리한 불투명한 유리문은 언제나 그랬듯 굳게 닫혀 있었다. 슬그머니 문 앞으로 다가간 지명이 힐긋 옆의 가로등을 살폈다. 거기에 매달린 카메라는 신경 쓰지 않아도 된다고 했다. 과학 교사가 미리 카메라를 훼손해 두었고, 수리되지 않은 그것은 여전히 목이 꺾인 채였다. 과학 교사가 알려준 비밀번호 역시 틀리지 않았다.

　―정의로운 사람은 어디에나 있으니까.

　정의로운 누군가로부터 얻었다는 번호를 누르자 철컥, 문이 열렸다.

　예상보다 훨씬 진한 어둠 때문에 셋은 잠시 멈칫했다. 그리고 그 셋이 어둠에 적응하는 속도대로 마더의 모습이 드러났다. 거대한 굵기를 지닌 나무 같았다. 그렇다면 가지 없는 나무여서, 꼭대기에서 뻗은 덩굴만이 천장의 구멍을 통해 밖으로 뻗어 있었다. 마더 안으로 들어가는 문은 그것의 뒤편에 있다고 했다. 그 문을 여는 일은 지명의 몫이었다.

　문 앞에 선 지명은 마음을 추슬렀다. 아주 잠깐의 시간이면 충분했다. 의식을 하면 할수록 거짓말은 어렵다. 그래서 지명은 무심한 듯 말했고, 그 말은 진실로 무심하게 들렸다.

　―관리자가 말합니다. 열려라.

　그러자 문이 열렸다.

칸타로인들의 주도와 후원으로 발명된 생물형 컴퓨터는 그 운용 방법과 목적뿐 아니라, 색다른 보안 체계 역시 주목을 끈다. 우선 진실의 입이라고 불리는 신원 확인 방법이 그렇다.

로마의 산타마리아 델 라 성당에 자리한 진실의 입은 사람 얼굴을 새겨 넣은 동그랗고 납작한 모양의 조각상이다. 그 조각상의 입안에 손을 넣

은 채 거짓말을 하는 자는 손이 잘려 나간다는 전설로 유명하다. 그것의
이름을 본뜬 진실의 입은 일종의 거짓말 탐지기로 여겨도 무방하다. 문
을 통과하고자 하는 이가 자신의 신분을 밝히면 그 말이 거짓인지 아닌
지를 분별해 내는 것이다.

아이러니하게도, 그 진실의 입은 거짓말에 능숙한 칸타로인의 특성 때
문에 탄생했다. 관리인이 부재하는 비상시에 다른 칸타로인 누구라도
생물형 컴퓨터의 안으로 들어갈 수 있도록 안배된 것이다.

　　　　　　　　　　　　　　　　-『칸타로인의 과학』 중 '진실의 입'[8]

　진실의 문이 열리자 마더의 내부가 드러났다. 꼭대기로 뻗은
나선형의 계단이 어렴풋했다.

　라희와 진수는 옷을 벗었다. 지명의 역할은 끝났음으로 그 둘
만이 마더 안으로 들어갈 예정이었다.

　생물형 컴퓨터의 내부는 아무것도 걸치지 않은 맨몸만을 허용한다. 외
부로부터 유입될지도 모를 이물질을 차단하기 위해서다. 그렇다면 사
람의 피부나 머리카락, 그런 것과 구별이 힘든 이물질은 어떻게 될까?
예를 들면 짐승의 털 같은 것 말이다.

　답을 내자면, 짐승의 털 역시 생물형 컴퓨터는 구별해 낸다. 이러한 구

---

8) 로버트 킹엄, 『칸타로인의 과학』, 예지영, 도서출판 지공, 234쪽

분은 매번 정확한데 패턴을 인식하고 분석하는 기계의 방식이 아닌, 사람이 상대방의 얼굴을 구별하듯 직관하기 때문이라고 한다.

그렇다면 거짓말에 능숙한 벌거숭이라면 컴퓨터의 중심에 도달할 수 있지 않을까? 아직 하나의 관문이 더 남았다. 당신이 아무리 거짓말을 잘한다고 하더라도 그 관문을 통과하기란 쉽지 않을 것이다. 왜냐하면 당신은 지구인이기 때문이다.

사실 칸타로인과 지구인을 구분 짓는 특징은 많지 않다. 겉모습만 따지자면 그들이 더 사람 같을 지경이다. 하지만 마음만은 그렇지 않았으니 그들은 남의 고통을 공감하지 못하고, 성공을 위해서는 자유자재로 양심을 속일 수 있다. 그 때문인지 그들은 인간보다 훨씬 오랜 시간 동안 마음의 공허함을 유지시킨다. 연구자들에 따르면 칸타로인이라면 누구나 8분 정도는 공허함을 지속할 수 있다고 한다.

그러한 공허함을 우리의 감각으로 설명하자면 '넋을 놓는다'라는 표현이 적당하겠다. 마지막 관문은 그렇게 8분 이상 넋을 놓아야 하는 공허의 방이다.

−『칸타로인의 과학』 중 '공허의 방'[9]

공허의 방은 나선형 계단의 꼭대기에 자리했다. 진수는 밖에 남고 라희 혼자 그 안으로 들어갔다. 들은 대로 거기 가운데에는

---

9) 앞의 책, 236쪽

앉을 만한 무언가가 불룩했다. 거기에 앉자마자 시작이라고 했다. 그래서 라희는 거기에 앉았다.

고요했던 사방에 움직이는 것은 없었다. 라희 역시 8분 동안 움직여서는 안 됐다. 몸도 마음도 마찬가지였다. 나중에 밝힌 라희의 말에 따르면 그 8분은 길지도 짧지도 않았다고 한다. 그 시간을 세지 않았고 셀 수도 없었는데, 라희는 정성스레 멍을 때렸기 때문이다.

그러나 진수에게는 분명 긴 시간이었을 것이다. 지루했고 긴장했으며, 때로는 걱정스러웠던 소년의 몸은 진작부터 땀에 젖었다. 툭, 투득. 몇 방울의 땀이 바닥에 떨어졌다.

아무리 내부라고 하더라도 소금물이 생물형 컴퓨터를 상하게 할 수는 없다. 그러나 공허의 방, 바닥에 감추어진 컴퓨터의 핵이 드러난다면 소금물은 아주 강력한 무기가 된다. 핵이라고 불리는 그것은 일종의 리셋 장치, 혹은 자폭 장치로 그것을 발동시키는 데는 일정 양 이상의 소금이 필요하기 때문이다.

그렇다면 왜 하필 소금일까? 이는 다른 장치들이 그런 것처럼 칸타로인의 특성에서 기인한다. 생체적 원인인지 아니면 정신적 원인인지는 아직 밝혀지지 않았으나, 칸타로인들은 우리 인간들보다 눈물의 양이 약세 배 정도 많으며, 흘리는 시기 역시 자유자재로 조절할 수 있다고 한다. 때문에 다른 장치에서도 칸타로인의 특성이 필요하듯, 핵을 이용해 컴퓨터의 기능을 정지시키는 데도 칸타로인의 특성이 필요하다.

—『칸타로인의 과학』 중 '생물형 컴퓨터의 핵'[10]

군이 따지자면 눈물이 적은 편에 속했던 진수는 여러 번 밝혔
듯 땀은 아주 많았다. 그 감당할 수 없을 만큼의 땀이 온몸을 덮었
을 무렵이었다. 방바닥 어딘가가 이잉, 꿀벌의 날갯짓 같은 소리
를 냈다. 그러더니 거기에서 커다란 옥구슬 모양의 것이 튀어나
왔다. 마더의 핵이었다.

그 핵에 다가간 진수는 양손으로 정성스레 온몸을 훑었다. 그
러고는 양손에 모인 땀을 그것에 떨어트렸다.

—꾸르륵.

마더는 마치 배고픈 위장과 같은 소리를 냈다. 라희 역시 그 소
리를 들었는지 자리에서 벌떡 일어났다. 서로 눈을 마주친 둘은
조심스럽게 그곳을 빠져 나왔다. 입구에서 기다리던 지명을 만나
서는 힘껏 뛰었다. 뒤를 돌아볼 여유는 없었다.

—성공했을까?

그래서 지명의 그 질문은 공원에 도착한 뒤에야 나온 것이었다.

당시에는 누구도 그 답을 알지 못했다. 서로는 걱정스러운 기
색만 내보였는데, 그때 저만치에서

10) 앞의 책, 237쪽

─뻥!

폭발음이 들렸다. 큰 소리는 아니어서 빵빵한 과자 봉지를 터
트렸을 때의 크기, 그 정도의 소리였다. 마더를 품은 건물 쪽에서
번쩍, 빛이 인 것도 같았다.

다음날, 학교에서의 화제는 단연코 그 소리와 빛이었다. 더 정
확하게는 과학 교사가 일으킨 테러에 관해서였다. 그것은 온 나
라가 마찬가지였다. '새벽을 뒤흔든 폭발', '안녕, 마더', '기간제
교사가 저지른 참사', '대한민국, 더 이상 테러 청정국이 아니다'
등등. 갖가지 제목의 기사들이 포털 사이트의 뉴스 칸을 채웠다.

그것들 중 댓글 많은 뉴스와 많이 본 뉴스, 둘 모두를 석권한 기
사를 아래에 싣는다.

테러리스트는 호광도 여성

오늘 새벽 두 시경 소판시 목성구에 위치한 TBK-313B가 테러 공격을
받아 파괴되었다. TBK-313B는 마더라는 애칭에서도 알 수 있듯 이용
자들의 큰 사랑을 받아온 생물형 컴퓨터이다. 다행히 인명 피해는 발생
하지 않았으나, 거대한 폭발음을 들은 주변 시민들은 밤새 불안에 떨어
야 했다.

경찰의 발표에 따르면 테러는 마더의 외부 벽에 부착된 사제 폭발물에
의한 것이며, 범인은 40대의 중년 여성으로 호광도 출신이다. 그 배후

와 범행 이유에 관한 여러 가지 분석이 나오는 가운데, 그녀는 자신의 단독 범행임을 주장하고 있다. 또한 테러의 이유에 관해서는 "그것이 우리의 정신을 오염시켰다. 그 오염이 취향이나 신념으로 받아들여지는 이상한 사회다. 때문에 육체는 해방되었지만 정신은 지배받고 있다. 그들 칸타로의 방식, 마더에 의해서다."라고 횡설수설하여 정신병에 의한 범행 가능성도 제기된다.

한편 총리실은 "테러에 경악하며, 국민들의 불안이 완전히 해소되도록 그 근본을 철저히 파악하여 소탕할 것"이라는 내용을 골자로 한 긴급 담화문을 발표했다.

－『새날 일보』 중 '테러리스트는 호광도 여성'[11]

국민들의 불안을 언급한 총리실의 담화문에서 알 수 있듯 온 나라의 관심은 테러에 집중되었다. 호광도의 홈페이지에는 분당 수십 개의 게시 글이 올라왔다. 분노하고 꾸짖는 국민들의 목소리였다. 도의회는 '국민께 올리는 사죄의 변'이라는 사과문을 발표했다. 하지만 분노는 쉽게 사그라들지 않았다. 트래픽이 몰린 홈페이지는 기능을 상실하였고, 온라인 커뮤니티의 게시판들에는 호광도에서 있었던 강력 범죄들이 새롭게 조명되었다.

또한 그 근본을 파악하겠다는 총리실의 담화문에서 알 수 있듯

---

11) 특별취재팀, '테러리스트는 호광도 여성', 새날 일보, 1면

과학 교사 주변에 관한 철저한 조사도 이루어졌다. 과학 교사는 독신임이 밝혀졌고, 병원에서 살 빼는 약을 처방받았다는 의혹 역시 사실로 확인되었다.

영치 고등학교에 찾아온 수사 인원만 하더라도 20여 명이 넘었다. 그러나 총리실의 담화문과는 다르게 그 근본이 철저히 파악되지는 못한다. 과학 교사의 평소 행적, 특히 교사가 벌였던 설문 조사나 토론 등이 관심을 끌었을 뿐이다. 세알연의 담당 교사라는 직책 역시 교사들이 으레 맡는 잡무의 하나로 여겨졌다.

물론 세 학생에 관한 조사가 아주 없지는 않았다. 그러나 경찰의 질문은 형식적이었고, 세 학생의 대답은 적당했다. 그리고 그 뒤, 지명이 나눈 경찰과의 긴 대화 역시 세알연과는 별 상관이 없었다. 그 인터뷰는 어떤 특이점 때문이 아닌 담임의 추천에 의해서였다. 네가 우리 반에서 가장 달변이니 학급 대표로 나가 보라고 담임이 말했다고 한다.

그처럼 마더 테러는 과학 교사의 단독 범행으로 결론이 난다. 그러나 모두가 그 결론을 받아들였던 것은 아니다.

외부 충격이 연쇄 작용을 일으켜 마더의 기능이 정지됐다는 발표가 있었습니다. 말이 안 되는 소리지요. 제가 지금 이 글을 쓰고 있는 컴퓨터는 5년도 넘은 구형입니다. 그동안 이것에 얼마나 많은 충격이 있었겠습니까? 더구나 이 컴퓨터는 중소기업 제품입니다. 그런데 칸타로의 기술이 집약된 첨단 컴퓨터가 달랑 폭탄 하나에 그리 됐다니요. 미국에 있는 TBK-742K를 해체하는 데 300만 불이 들었다고 합니다. 그럼 300만 불을 쓴 미국은 바보란 말이겠지요.

게다가 공허의 방에 핵이 나와 있었다고 합니다. 그것도 충격이 일으킨 연쇄 작용일까요? 일개 블로거인 나도 읽은 『칸타로인의 과학』을 경찰은 읽어 보길 바랍니다. 그 핵을 나오게 하려면 폭탄 아니라 폭탄 할아버지가 와도 안 됩니다.

그래서 저는 당국에 촉구합니다. 당국은 칸타로인의 재침입 가능성을 염두에 두어야 합니다. 아니면 아직도 사회 곳곳에 남아 있는 종칸 세력이…… (후략)

— 안티종칸의 블로그 중 '마더 테러에는 배후 세력이 있다.'[12]

안타깝게도 위 글을 쓴 이는 파워 블로거가 아니었다. 때문에 'ㅋㅋㅋ'이라는 알 듯 말 듯 한 댓글 하나가 달렸을 뿐, 위 글은 전혀 화재를 모으지 못했다.

지금은 블로그 활동을 멈춘 그는 어디서 무엇을 하고 있을까? 아마, 자신은 예전부터 테러의 진실을 알고 있었다고 목소리를 높이는 중일 것이다. 공소시효만큼의 세월이 흘러 세 학생이, 그러니까 성인이 된 라희, 지명, 진수가 테러의 실상을 밝혔기 때

12) 안티종칸의 블로그, '마더 테러에는 배후 세력이 있다', http://blog.laison.com/anti-kan/434

문이다. 공동으로 집필한 『우리도 함께한 마더 파괴』를 통해서였다.

이 책을 펴내기까지 많은 고민을 했다. 그동안 침묵했던 이유와 같다. 부끄럽게도 사람들의 비난이 무서웠다. 하지만 그 비난이 잘못됐음을 우리는 안다.

마더는 어머니처럼 묵묵히 이야기를 들어주었다고 한다. 틀린 말이다. 우리의 어머니는 엄했고, 자식의 나쁜 짓에 낄낄대지 않았다. 마더는 어머니처럼 모두를 격려했다고도 한다. 역시 틀린 말이다. 우리가 규정하고 폄하할 때 우리 밖의 누군가는 상처받는다. 격려가 아닌 주입이며, 우월함이 아닌 열등감인 것이다.

그 열등감은 밀물처럼 서서히 우리를 집어삼켰다. 그래서 우리는 그 열등감을 부수고자 했다. 마더가 심어 놓은, 그리고 칸타로인들이 남겨 놓은 그 방식을 파괴하려 했다.

고백컨대 우리의 시도는 실패했다. 마더가 뿌려 둔 씨앗들은 더 굵고 높게 자라났다. 그렇게 어느새 세상을 빽빽이 뒤덮고 있다.

숨이 막힌다. 햇볕이 들지 않는 세상이다.

하지만 우리는 좌절하지 않겠다. 마더를 부쉈듯 우리는 그것들도 부술 수 있다고 믿는다. 그리고 우리 안에는 우리만이 아닌 나머지 모두도 함께한다고 믿는다.

　　　　　　　　　　　　　　　－『우리도 함께한 마더 파괴』 중 '서문'[13]

위의 서문에서 드러나듯 그들의 뻔뻔함은 참으로 파렴치하다. 책의 수입은 사회 곳곳에 스며든 칸타로인의 방식을 없애는 데 사용하겠다는 인터뷰까지 했다. 물론 또 다른 테러를 벌이겠다는 말이 아님은 알고 있다. 저들의 뻔뻔한 주장과는 다르게 마더는 더 이상 존재하지 않기 때문이다. 호광도 교사에게 선동당한 저들에 의해서 말이다.

3. 참고 자료

김라희, 김진수, 이지명,『우리도 함께한 마더 파괴』, 풍경과 시선

나형호,『현대사 자료 사전』, 오전 출판

로버트 킹엄,『칸타로인의 과학』, 예지영, 도서출판 지공

오예민,『무민사 시사용어 풀이』, 무민사

차명정,『우리가 알아야 할 심리 용어』, 서문각

특별취재팀, '테러리스트는 호광도 여성', 새날 일보

하차희, '마더 테러는 우리의 의지였다', 동선 일보

안티종칸의 블로그, http://blog.laison.com/antikan/434

13) 김라희, 김진수, 이지명,『우리도 함께한 마더 파괴』, 풍경과 시선, 3쪽

시사상식사전, http://terms.naver.com/entry.nhn?docid=3432565&cid =43667& categoryId=43667

트위키 사전, http://twiky.com/serch?153=8월 2일_321

뿌듯하다.

그 시절의 나는 스스로를 굳건하고, 날카로우며, 또한 옳다고
믿었다. 그렇다. 자만이 가득하던 때였다. 어쩌면 자만보다는 착
각이라는 단어가 더 어울리겠다. 돌이켜보면 그 자만에 변변한
이유마저 없었다. 그 시절을 떠올리면 조금 부끄럽다.

지금의 나는 잘 모르겠다. 사람은 변하지 않는다고 하니, 아마
여전할 것이다. 아, 그렇다. 지금은 자만이 가득한 아저씨다. 사람
은 변하지 않아, 그런 아저씨다운 말을 태연히 내뱉는다. 사실 방
금도 얼굴이 달아올랐다.

그렇다고, 그러니까 내가 아무리 덜 자란 아저씨라고 해도, 지
금의 뿌듯함이 괜한 착각은 아니다. 이리저리 따져 봐도 그렇다.
종이를 만드는 제지공부터 책을 연출하는 편집자까지. 한 권의
책에는 거기 낱장만큼이나 많은 이들이 정성을 담는다. 그리고
이번 책에 나 역시 글이라는 정성을 보탰다. 더구나 70권의 높이

로 쌓인 결과들을 기념하는 책이다. 다행이다. 나는 뿌듯하고, 그 뿌듯함은 괜하지 않다.

　그렇다고, 그러니까 그 뿌듯함이 아무리 착각이 아니라고 해도, 나의 글이 뛰어나 여기 실리는 게 아니라는 정도는 안다. 그 정도로 덜 자라지는 않았다. 이상권 님의 『성인식』부터 진저 님의 『아이스크림이 녹기 전에』까지. 각각의 책들은 비교될 수 없는 절대의 가치들이다. 그리고 나 역시 그것들 중 한 권에 이름을 올렸다. 굳이 의미를 보태자면, 그 책이 나의 첫 번째 책이다. 행운이었다. 그 행운이 이어져 이곳에 글을 싣는다. 물론 나는 그 사실이 뿌듯하다.

　여기 실린 『마더 파괴 사건』이 그런 마음을 내보이는 글은 아니다. 하지만 쓰고 싶은 글이었고, 쓸 수 있는 글이었다. 여전히 뿌듯하다.

십대의 온도

© 이상권·김선영·유영민·진저·공지희·신설, 2018

초판 1쇄 발행일 | 2018년 9월 20일
초판 5쇄 발행일 | 2021년 3월 5일

지은이 | 이상권 김선영 유영민 진저 공지희 신설
펴낸이 | 정은영
편 집 | 최성휘 김정택
마케팅 | 이재욱 최금순 오세미 김하은 김경록 천옥현
제 작 | 홍동근

펴낸곳 | (주)자음과모음
출판등록 | 2001년 11월 28일 제2001-000259호
주 소 | 04047 서울시 마포구 양화로6길 49
전 화 | 편집부 (02)324-2347, 경영지원부 (02)325-6047
팩 스 | 편집부 (02)324-2348, 경영지원부 (02)2648-1311
이메일 | jamoteen@jamobook.com
블로그 | blog.naver.com/jamogenius

ISBN 978-89-544-3906-0 (43810)

잘못된 책은 교환해드립니다.
저자와의 협의하에 인지는 붙이지 않습니다.

이 도서의 국립중앙도서관 출판예정도서목록(CIP)은 서지정보유통지원시스템 홈페이지
(http://seoji.nl.go.kr)와 국가자료공동목록시스템(http://www.nl.go.kr/kolisnet)에서
이용하실 수 있습니다.(CIP제어번호: CIP2018027586)